O Amor Supera Tudo

Nataly Louise

O Amor Supera Tudo

TALENTOS DA
LITERATURA
BRASILEIRA

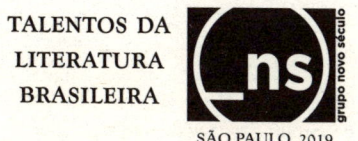

SÃO PAULO, 2019

O amor supera tudo
Copyright © 2019 by Nataly Louise
Copyright © 2019 by Novo Século Editora Ltda.

COORDENAÇÃO EDITORIAL: SSegovia Editorial
PREPARAÇÃO: Lindsay Viola
DIAGRAMAÇÃO: Manoela Dourado
REVISÃO: Viviane Akemi
   Andrea Bassoto
CAPA: Lumiar Design

AQUISIÇÕES
Cleber Vasconcelos

Texto de acordo com as normas do Novo Acordo Ortográfico da Língua Portuguesa (1990), em vigor desde 1º de janeiro de 2009.

Dados Internacionais de Catalogação na Publicação (CIP)
Angélica Ilacqua CRB-8/7057

Louise, Nataly
  O amor supera tudo / Nataly Louise. -- Barueri, SP :
Novo Século Editora, 2019.
  (Coleção Talentos da Literatura Brasileira)

1. Ficção brasileira I. Título

19-1853   CDD 869.3

Índice para catálogo sistemático:
1. Ficção : Literatura brasileira 869.3

Alameda Araguaia, 2190 – Bloco A – 11º andar – Conjunto 1111
CEP 06455-000 – Alphaville Industrial, Barueri – SP – Brasil
Tel.: (11) 3699-7107 | Fax: (11) 3699-7323
www.gruponovoseculo.com.br | atendimento@novoseculo.com.br

Dedico este livro a todos que sempre me apoiaram, aos meus pais que me ensinaram a lutar pelos meus sonhos, aos meus amigos Monnyque Pereira, Rose Oliveira, Luana Bueno, Vanderlei Ildefonso e ao meu irmão Julio Cezar, que sempre me apoiaram e me incentivaram a terminar esta obra. E, principalmente, ao meu melhor amigo, Luan dos Santos, que nunca me deixou desistir.

Prólogo

Qual é realmente o sentido de amar alguém? Até que ponto o amor pode nos levar? A vida é cheia de surpresas e mistérios, porém há raras ocasiões em que, ao desvendar esses mistérios, você entende quem realmente é e qual o verdadeiro sentido de amar alguém... Carter me ajudou a descobrir algumas dessas coisas. Ele foi o meu primeiro amor e, apesar de todas as brigas e oposições, conseguimos superar e viver algo maravilhoso juntos. Ele me ajudou a descobrir quem realmente eu sou. Hoje, infelizmente, não estamos juntos; apesar de termos passado momentos maravilhosos, erros fizeram com que nos separássemos.

Quando vejo nossas fotos, ainda há uma dor forte em meu coração e sempre surge uma lágrima em meu olhar, mas isso me ensinou mais uma vez que não podemos mudar o passado. A vida não é fácil, ela te presenteia com coisas maravilhosas, no entanto, pode pegá-las de volta num piscar de olhos.

Ainda penso muito no tempo que passei com Carter e, apesar de tudo o que aconteceu, não me arrependo das decisões que tomei enquanto estávamos juntos. Posso sentir como se ele estivesse ao meu lado, abraçando-me pelas costas, como costumava fazer. Quando estava com ele pensava que seria eterno, e ele é o único que sempre conseguiu fazer com que eu me sentisse segura. Às vezes tenho a esperança de que podemos voltar a ficar juntos, mas ele está longe e está feliz; essa esperança já não existe mais, é tudo coisa da minha cabeça. Lembro-me muito dos momentos que passei com Carter e, ultimamente, essas lembranças têm vindo com mais frequência, e por mais que eu tente não me lembrar, quase tudo o que vejo ou penso me faz lembrá-lo. Quando vejo o mar, lembro-me do quanto ele é misterioso e magnífico, pois, assim como as ondas e o tom de azul do oceano me fascinam e me atraem, Carter me fascina e faz com que eu me sinta viva e queira cada vez mais desvendá-lo.

Descobri que por trás daquele jeito de *bad boy* havia um rapaz bondoso, humilde, romântico e de grande coração, que me lembrou das coisas maravilhosas que a vida nos dá; mas, antes de tudo, Carter me ensinou a acreditar em mim mesma.

Perdida em meus pensamentos, não percebi meu pai me chamando para nossa viagem em "família". Minha mãe, como sempre mais preocupada, apegou-se mais a seus celulares e seus carregadores do que a mim. Essa seria mais uma viagem que eu passaria sozinha.

Procurei me concentrar em outras coisas para tirar Carter e meus pais da cabeça. Concentrei-me em como o dia estava belíssimo, com o céu azul sem nenhuma nuvem; o sol estava extremamente brilhante e, no momento em que seus raios se encontravam com a água do mar, ela ficava com um lindo brilho e meio transparente. Essa visão magnífica muitas vezes só se espera ver em filmes, em nossa própria imaginação ou em pinturas, porém, quando tiramos um tempo para ficarmos sozinhos com a natureza, sem nada para nos distrair, podemos ver e sentir belas coisas como essa; isso nos ajuda a pensar sobre a vida, nossas escolhas e decisões.

Enquanto observava essa maravilhosa paisagem, algo inesperado aconteceu...

1
O começo

Meu nome é Susana Lima. Nasci em 1996, na cidade de Campos do Jordão, em São Paulo. Apesar de sempre ter meus pais presentes em minha infância, eles me pressionavam muito para ser a melhor.

Tentei ser sempre uma boa filha, da qual eles sentissem orgulho. Tirava boas notas e em minhas competições de hipismo ficava em primeiro lugar, porém nunca me senti realmente feliz. Tive momentos maravilhosos com minha família, mas, na maior parte do tempo, era como se eu estivesse com um vazio na minha vida e no meu coração.

Tudo era muito superficial. Eu estava me distanciando cada vez mais dos meus pais, pois eles se preocupavam mais e mais com o trabalho e começaram a me deixar de lado. Meus irmãos já eram adultos e haviam saído de casa, então não foram afetados por isso. No início não liguei muito, pois tinha permissão para sair com minhas amigas sempre que quisesse.

Há apenas uma pessoa na qual eu realmente confio para contar como eu me sinto de verdade. Seu nome é Rose e sempre pude contar com ela; não importa o acontecimento ou a hora, ela sempre esteve presente e não tenho palavras para agradecer tudo o que ela faz por mim.

Na minha adolescência algumas coisas começaram a mudar. Minha irmã mais velha me convidou para passar alguns dias em Ubatuba. Em uma noite muito mais estrelada do que o normal, eu estava escovando meu cabelo quando olhei pela janela e vi na área do outro prédio um rapaz lindo brincando com seu irmão mais novo. Seu nome é Carter Mason. Ao vê-lo, senti algo que nunca tinha sentido antes. Meu coração acelerou e pareceu que o mundo parou. Então decidi pegar meu livro e ler na janela do quarto, na esperança de que ele me visse.

Enquanto eu lia, como os prédios eram próximos, com cerca de um metro de distância, o irmão dele me chamou:

– Oi, moça. Meu irmão está com vergonha de falar, mas ele te achou muito bonita.

Corei e respondi meio envergonhada:

– Ah, muito obrigada.

Logo depois Carter veio falar comigo, conversamos por um bom tempo. Enquanto conversava com ele, eu sentia como se algo dentro de mim esquentasse e fizesse meu coração bater mais rápido. Meu sobrinho vinha a toda hora perguntar o que eu estava fazendo. Eu dizia a ele que estava vendo estrelas.

Quando minha irmã percebeu, ficou me zoando por um bom tempo, cantando parte de uma música que diz:

"Estrela, por favor, escute o que eu vou falar…".

Na manhã seguinte, Carter e eu ficamos conversando por mensagem, porque, infelizmente, fomos para praias diferentes. No final da tarde, ele foi ao térreo do meu prédio e conversamos por um bom tempo antes de ele ter que ir embora. Eu fiquei com uma vontade imensa de beijá-lo. Ele mexeu comigo; nunca havia sentido aquilo na minha vida. Quando ele foi embora, pensei que nunca mais o veria, pois morávamos muito longe um do outro. Depois disso, nós nos falamos por um curto período de tempo e acabamos perdendo contato.

꙳

Quando comecei o segundo ano do ensino médio fui surpreendida. Um novo aluno entrou na minha sala e esse aluno era Carter. Não acreditei quando o vi. Não consegui ter uma reação, até que ele veio falar comigo:

– Oi, Susana, há quanto tempo!

Eu deveria ter ficado feliz, mas por algum motivo me senti desarmada e criei um escudo em minha volta.

– Olá, Carter, faz bastante tempo mesmo. Quer dizer que vamos ser colegas de classe?

– Sim, olha só que coincidência estarmos na mesma escola e na mesma classe.

– É mesmo...

Não sei por que, mas não fiquei muito feliz com a situação. Com o tempo, nós dois começamos a discutir algumas vezes, pois ele me irritava quando queria estar certo sobre tudo. Confesso que mesmo me irritando e discutindo às vezes, o seu jeito de *bad boy* me deixava curiosa. Ele mexia comigo de um modo que eu não entendia.

Em uma sexta à noite, resolvi dar uma festa. A noite estava fresca e estrelada, com uma lua cheia de uma beleza inestimável. Ao ficar observando uma noite como essa, pode-se sentir como se não houvesse problemas ou preocupações, é como se todos os seus desejos pudessem se realizar e você pode sentir como se voasse até o mais alto do céu.

Convidei várias pessoas e percebi que Carter estava lá com seus seguidores – que, em minha opinião, eram inúteis. A presença dele me incomodava, não sei por que, mas não conseguia me concentrar em outra coisa e aproveitar a festa. Apesar de não ter aproveitado muito, fiquei feliz porque tudo havia saído perfeitamente bem.

No dia seguinte, enquanto estava no meu treino de hipismo, Carter veio falar comigo.

– A festa estava ótima ontem.

– Obrigada. – Eu não estava muito a fim de conversar com ele.

– Me diga, por que você é assim?

– Assim como?

– Sempre agindo como uma patricinha metida que fica com raiva quando não consegue o que quer.

– Se veio aqui para me insultar pode ir embora.

– Eu sei que no fundo você é uma garota sincera, bondosa e defensora dos animais. Você só se esconde atrás desse jeito de patricinha porque tem medo de que os outros possam ignorar você como seus pais fazem, não é?

– Você nem me conhece, nem sabe o que acontece entre mim e meus pais. Qual seu plano?

– Não tenho nenhum plano, só quero te conhecer melhor.

– Pode confiar, não vai se arrepender.

Quando a instrutora me mandou começar o treino, eu não estava concentrada, fiquei pensando no que ele havia dito. Naquela tarde, quando voltei para casa, resolvi cavalgar para me ajudar a pensar. Em meio aos pinheiros altos, o chão cheio de cascalhos, o maravilhoso cheiro da natureza, era possível ouvir vários animais. Eu estava relaxando minha mente ao ouvir o canto dos pássaros, quando encontrei Carter sentado, observando a paisagem.

No momento em que ele me viu, deu um sorriso sincero e encantador, seu olhar estava calmo e alegre, como na noite em que nos conhecemos.

– Por acaso você está me seguindo, Carter Mason? – perguntei em tom de zombaria.

– Não, pura coincidência – ele disse rindo. – Se fosse para segui-la, não deixaria que me visse. – Ele provocou.

– Haha, engraçadinho.

Rindo de uma maneira encantadora e sedutora, ele perguntou:

– Gostaria de se sentar aqui ao meu lado?

Desconfiada e curiosa, perguntei:

– Tem algum plano por trás desse convite?

– Não. – Ele continuava rindo. – Apenas quero lhe mostrar o pôr do sol. É magnífico vê-lo daqui.

– Está bem, mas não quero conversar.

– OK, apenas aprecie essa linda paisagem comigo.

Confesso, ele tinha muito charme e sempre me fazia rir. A vista era de tirar o fôlego, dava para perceber os últimos raios de sol penetrando por entre as árvores até o lago, fazendo com que a água obtivesse um brilho esplêndido. Uma paisagem inesquecível.

Aquele cenário me transportou ao passado e lembrei-me de quando era uma garotinha. Meus pais e eu costumávamos cavalgar até as belas cachoeiras de Campos do Jordão, depois comíamos alguma coisa e meu pai me ensinava sobre a natureza.

Minha mãe sempre foi muito compreensiva, amava e defendia os animais e sempre me dizia que eu nunca deveria desistir do que acredito – não importa a razão, sempre há uma esperança se uma única pessoa luta por ela.

Minha família era muito unida, fazíamos tudo juntos. No entanto houve um tempo em que tudo isso mudou. Uma lágrima começou a escorrer pelo meu rosto. Percebi que aquela época havia passado e voltei à realidade. Carter percebeu a lágrima em meu rosto e me abraçou. Um abraço tão aconchegante, tão perfeito... Ele olhou nos meus olhos e perguntou:

– Está tudo bem, Susana?

– Sim, só estava lembrando o passado. – Limpei rapidamente a lágrima em meu rosto.

– Peço desculpas se foi ousadia minha te abraçar, mas senti que você precisava de um amigo e de um abraço sincero.

– Está tudo bem, Carter. Você fez bem. Muito obrigada.

Olhei novamente para a paisagem e agora podia ver a lua refletindo na água. O doce tom de prata banhava as árvores e o brilho encantador das estrelas enfeitava a noite. Percebi que já estava tarde, eu deveria ter voltado antes do anoitecer.

– Eu tenho que ir, Carter, já está tarde. Obrigada por me mostrar essa paisagem inesquecível.

– Quer que eu te acompanhe? Pode ser perigoso.

– Não, obrigada. Vou cavalgando mais rápido, não se preocupe.

– Está bem. Vá com cuidado.

Acenei com a cabeça e montei. Pensei que meus pais estariam preocupados e até mesmo me dariam uma bronca por cavalgar pela floresta sozinha à noite.

Quando cheguei, guardei a sela, escovei e alimentei minha égua, Flicka, e os outros cavalos, e depois entrei em casa. Meus pais estavam na sala, ambos em seus celulares. Eles nem haviam percebido minha presença.

– Oi, mãe. Oi, pai. Cheguei.

– Oi, filha. Resolveu sair do quarto?

– Eu estava cavalgando, mãe.

Ela não prestou atenção e não me respondeu. Meu pai estava muito concentrado e não percebeu que eu estava ali. Fui para o meu quarto, afinal, já estava acostumada a esse tipo de tratamento.

No momento em que entrei, olhei diretamente para uma foto, na qual meus pais e eu estávamos em um piquenique com nossos cavalos amarrados ao lado. Desejei que aquele momento voltasse e comecei a chorar. Fui tomar um banho para relaxar, mas eu não conseguia tirar aquela imagem da cabeça. Durante a noite fiquei acordada com as lembranças do passado em minha mente e acabei lembrando quando tudo mudou...

Na primavera de 2010, meu pai recebeu uma ótima promoção no trabalho e, em poucos meses, as mudanças começaram: fomos para uma casa maior, minha mãe também foi promovida e meus pais ficaram tão envolvidos em ganhar dinheiro e fazer um bom trabalho que praticamente se esqueceram de que eu existia, apesar de me darem tudo o que eu queria. Após três anos, acostumei-me a não existir para meus pais e, com isso, acabei sentindo um terrível vazio por dentro e não conseguia preenchê-lo de modo algum.

Às duas da manhã, eu estava me sentindo tão sozinha e triste que acabei ligando para a Rose, e ela veio imediatamente quando contei o que estava acontecendo. Ela sempre me ajudou, apoiou-me, aconselhou-me e sempre foi minha melhor amiga. Jamais conseguirei retribuir tudo o que ela fez por mim. Conversamos até as oito da manhã e depois que ela foi embora, decidi pintar um pouco para distrair minha cabeça. Enquanto pintava, sem perceber, comecei a pensar em Carter Mason e no porquê ele estava me atraindo tanto. Considerei novamente o fato de que éramos de mundos totalmente opostos, queríamos coisas diferentes, tínhamos gostos e personalidades distintas. Mas mesmo nós dois sendo tão opostos um ao outro, meu desejo de conhecê-lo melhor e de entender seu jeito e sua personalidade só aumentavam. Cheguei a considerar o fato de que poderíamos dar certo juntos, afinal, os opostos se atraem (como muitos dizem). Porém logo me censurei por pensar nisso e me forcei a focar que ele não era o cara certo e que só me machucaria, armando alguma.

Segunda-feira de manhã tudo estava aparentemente normal. Carter, como sempre, estava bagunçando com seus amigos, mas eu estava com uma sensação esquisita. Não me concentrei em nada durante o dia, estava perdida na minha mente, tentando reprimir o vazio dentro de mim. No intervalo quis ficar sozinha. Enquanto eu observava o horizonte, Carter veio falar comigo.

– Olá, Susana. Como vai?

– Olá, Carter, tô bem. E você?

– Tô bem também. Susana, quero muito falar com você, mas precisa ser a sós. Pode me acompanhar até a quadra?

– Está bem.

Fiquei desconfiada, mas como estava curiosa resolvi acompanhá-lo. Ao chegarmos lá ele começou a falar coisas maravilhosas. Estava dizendo tudo o que uma garota gostaria de ouvir.

Acariciava meu rosto e meu cabelo. Confesso que ele sabe como agradar uma garota, mas logo me afastei.

– Qual seu plano, Carter?!

– Por que você sempre desconfia de mim? Por que não acredita que gosto de você? Susana, me deixa quebrar esse escudo, chegar ao seu coração. Faça de mim seu escudo. Eu te protegerei.

Eu não sabia como reagir. Ele parecia estar falando a verdade, mas eu não conseguia acreditar. Meu coração estava acelerado e eu não tinha controle sobre os meus sentidos.

– Susana, o que tenho que fazer para que acredite em mim?

Aquela pergunta me despertou e a única coisa que pude dizer foi:

– Me prove que está falando a verdade.

Virei-me e saí rapidamente, quase correndo, na verdade. Essa não foi a melhor escolha, mas eu precisava de ar fresco, não conseguia me controlar. O sentimento que nasceu na noite em que o conheci de repente ganhou uma força incontrolável. Ainda estava muito desconfiada; mesmo com ele mostrando um lado que eu não conhecia, algo me dizia que ele estava armando alguma.

Durante a semana algumas coisas continuaram iguais, mas Carter estava diferente. Não discutimos nenhuma vez e sempre que ele me via cumprimentava-me com um sorriso encantador. Na quinta-feira, Carter me surpreendeu ainda mais. Apareceu na escola todo arrumado, com um lindo buquê de lírios.

Todos ficaram de boca aberta, afinal, ele tinha jeito de *bad boy* e nunca tinha ido arrumado daquele jeito para a escola. Logo vi que ele estava vindo em minha direção e fiquei totalmente paralisada, pensando o que tinha acontecido com Carter Mason.

No momento em que ele veio falar comigo, meu coração disparou, não consegui reagir muito bem, consegui apenas ouvir o que ele tinha a dizer, com cara de surpresa.

– Oi, Susana. Está muito bonita hoje.

Eu sorri, queria falar algo, mas não conseguia. Estava totalmente paralisada, sem palavras, mal conseguia raciocinar. Senti que comecei a ficar vermelha.

– Eu vi estes lírios no caminho para a escola e me lembrei de você, pois são tão lindos e delicados como você.

Foram palavras ditas em um tom tão verdadeiro que comecei a acreditar.

– Carter... São maravilhosos... Muito obrigada, gostei muito.

– Que bom que gostou, Susana. Mais tarde nos falamos.

Ele sorriu me deu um beijo no rosto e foi para a sala. Todos ficaram surpresos e eu fiquei paralisada, sorrindo igual uma tonta. Nunca imaginei que ele faria aquilo. Estava me sentindo muito feliz, queria sorrir o tempo todo, mas me controlei para que não percebessem.

No decorrer da aula só conseguia pensar no momento em que ele me deu as flores. Carter estava tão lindo. O cabelo estava jogado para trás. O sorriso era sedutor e perfeito. O olhar me transportava para outro mundo.

Comecei a pensar por que ele tinha agido daquela maneira. Fiquei distraída durante a aula, pensando nele. Pensava especialmente em seu olhar que...

– Susana! Susana! – chamou o professor.

– Ah! Oi, professor.

– Estou te chamando faz tempo. Responda à minha pergunta, por favor.

Todos estavam me olhando, inclusive Carter, com um sorriso bobo e encantador.

– Ah, claro, professor. Pode repetir a pergunta?

O professor começou a rir.

– Você ao menos estava prestando atenção na minha aula? Seja sincera.

– Já que pediu sinceridade... Não, desculpe, professor, não estava prestando atenção porque estava pensando no... Ah, coisas alheias.

Carter sabia no que eu estava pensando e me olhou sorrindo, para que eu ficasse vermelha. Rindo da minha cara, o professor disse:

– Desta vez vou deixar passar, mas que isso não se repita.

Depois, ele sussurrou em meu ouvido:

– Parece que Carter mexeu com você.

Fiquei vermelha. Tentei prestar atenção no resto da aula, mas só conseguia pensar em Carter Mason.

☙

Como o treino havia sido cancelado, resolvi cavalgar pela trilha e, para minha surpresa, acabei encontrando Carter.

– Oi, minha linda.

– Oi, Carter. Não esperava te encontrar aqui.

– Eu imaginei que, como seu treino foi cancelado, você viria cavalgar para entender o que houve hoje de manhã na escola, estou certo?

Ele estava mais do que certo, fiquei boquiaberta.

– Me diga como você sempre consegue me deixar sem palavras?

Ele deu risada.

– Não sei, apenas sou eu mesmo.

– Espere um pouco, tenho duas perguntas.
– Diga.
– Primeiro, como sabe que meu treino foi cancelado?
– Perguntei ao Lucas que treina com você.
– Ok. Segundo, como sabia que eu viria cavalgar? Não contei a ninguém.
– Segui minha intuição. Você quer entender o que houve e por que agi daquela maneira?
– Sim, quero muito.
Sentei-me ao lado dele enquanto ele me falava.
– Bom, eu me apaixonei por você na primeira vez em que te vi. Quando tive a sorte de começarmos a estudar juntos, percebi que você era uma muralha quase impenetrável e que seria muito difícil chegar ao seu coração. Então resolvi ir por um caminho diferente, fazendo com que você ficasse intrigada e curiosa a meu respeito.
– Eu... Eu não sei o que dizer...
– Não precisa dizer nada. Apenas me dê uma chance, Susana. Me dê uma chance de te provar que não precisa se esconder atrás de um escudo.
– Está bem, Carter... Você terá uma chance.
– Você não vai se arrepender.
– Posso mesmo confiar em você?
– Com toda certeza.
À noite, não consegui dormir. Fiquei repassando aquele dia diferente na minha cabeça, o momento em que Carter me deu as flores, quando disse que estava apaixonado por mim... Éramos tão diferentes. Jamais imaginei que ele pudesse sentir algo por mim.

2
Sentimentos ganham força

Com o passar dos dias, Carter demonstrou um lado que ninguém jamais imaginaria devido à imagem de *bad boy* que ele tinha passado. Estava tão atencioso comigo, doce e romântico, faria qualquer garota se apaixonar. Eu já não conseguia conter o sentimento que eu tinha por ele, estava cada vez mais forte.

No início da aula, Carter veio falar comigo:

– Oi, Susana... Sabe... Eu estava pensando... Você gostaria de jantar comigo amanhã à noite?

Foi a primeira vez que vi Carter um pouco inseguro.

– Carter... Eu gostaria muito. Obrigada pelo maravilhoso convite.

— Eu que agradeço por você ter aceitado. Te pego às sete e meia, tudo bem?

— Certo, estarei esperando.

Não podia acreditar que iria jantar com Carter Mason.

۞

Naquela tarde, fui dar banho na Flicka, mas estava distraída pensando nas coisas que haviam acontecido entre mim e Carter. Olhei para minha casa e senti vontade de chorar. Minha vida era monótona e vazia.

Muitas coisas passavam pela minha cabeça: meu passado, meu presente, mas, principalmente, o dia em que conheci Carter, tudo o que já havia ocorrido entre nós dois até então e o que viria a ocorrer...

Distraída, não percebi que a Flicka estava incomodada e, quando vi, já era tarde demais: levei um coice muito forte e fui jogada ao chão. A dor era intensa e quase insuportável. Estava com dificuldade para respirar e fiquei meio tonta. Foi quando senti dois braços fortes me segurarem e me levantarem. Só conseguia ouvir uma voz dizendo:

— Susana, calma. Estou aqui... Fique acordada. Estou com você.

Estava tão tonta que não reconheci a voz. Mas logo que minha respiração voltou ao normal e eu consegui raciocinar novamente e pude reconhecer a pessoa.

Era Carter! Eu estava nos braços de Carter Mason. Não podia acreditar, mas estaria mentindo se dissesse que não fiquei feliz com a situação. Não conseguia entender como ele sempre estava por perto nas horas em que menos esperava vê-lo.

– Susana, você está bem? Quer que eu te leve ao médico?

– Não, Carter... Obrigada. Já estou melhor. Você me ajudou muito... Obrigada.

– Não precisa agradecer. Na verdade, eu estava passando por aqui e resolvi ver como você estava... Ainda bem que vim. Essa égua é perigosa.

– O nome dela é Flicka e ela não é perigosa. Foi culpa minha. Eu estava distraída e não percebi que ela estava incomodada.

– Bom, mas agora você está bem mesmo?

– Sim, estou bem. Vou caminhar um pouco pelos campos para tomar ar fresco. Quer me acompanhar?

Não sei muito bem por que o convidei para ir comigo, mas estava feliz por ele estar lá. Carter estava mostrando um lado que eu não conhecia e eu estava gostando muito disso.

– Claro, será um prazer. Assim também posso cuidar para que você não se machuque mais.

Ele riu em tom de zombaria.

– Ah, para de ser bobo...

Ele me fazia rir e isso foi uma das coisas que mais passei a apreciar nele.

Enquanto subíamos a colina, havia partes em que eu ainda ficava um pouco fraca por causa do coice. Carter percebeu isso de primeira e, de um modo muito atencioso, segurava minha mão e me abraçava. Eu estava muito feliz com toda aquela atenção e carinho.

Carter conseguia fazer com que eu me sentisse muito bem. Em certa hora tive uma pequena falta de ar, mas dentro de instantes voltei ao normal. Ao ver isso, Carter me pegou no colo e disse:

– Agora chega. Até chegarmos você não vai mais andar. Vou te levar no colo.

Não aguentei e comecei a rir. O cenário estava perfeito: o sol brilhava entre as nuvens, a tarde estava fresca, a grama verde sem árvores por perto. Ao mesmo tempo em que estava perfeito, estava engraçado com Carter me segurando no colo.

– Você está doido? – eu disse rindo. – Você nem sabe até onde eu quero ir, e não vou deixar você me carregar até lá.

– Eu não estou pedindo permissão. E conheço um lugar maravilhoso aqui, tenho certeza que você vai amar. Agora relaxa, que logo chegaremos lá. E você não vai andar.

– Não, Carter, eu não vou ser carregada igual a um bebê.

Estava rindo muito da cena. Ele era teimoso e não iria me deixar andar, mas tenho que admitir, estar nos braços fortes de Carter Mason era maravilhoso.

– Pra mim você é um bebê, sim, e precisa de todos os meus cuidados. Você não vai andar e ponto final. Além disso, eu estou amando te levar no colo.

– Você é um bobo, sabia?

O sorriso dele me fazia ir para outro mundo e aos poucos ele estava cada vez mais conquistando minha confiança, mas eu ainda tinha uma pequena voz na minha cabeça que dizia para não confiar nele.

Sempre há em nós duas partes que vivem em conflito quando vamos fazer algo ou em relação a alguém, e quando estou com Carter uma das partes diz: "Ele está mostrando um lado diferente, confie e lhe dê uma chance"; no entanto, a outra parte diz: "Isso é apenas um jogo, não confie, você vai se arrepender". Uma dessas partes sempre está ganhando e, no meu caso, a parte que dizia "confie nele" estava maior.

Depois que ele havia andado bastante, colocou-me com cuidado sentada em uma pedra enorme cercada por árvores densas, sem passagem nenhuma.

— É esse o lugar maravilhoso que queria me mostrar? – perguntei rindo um pouco.

— Estamos quase chegando. Você consegue andar um pouco? Eu não queria que você andasse, mas não tem como eu te carregar pelo caminho que vamos passar.

— Eu podia ter andado o caminho todo, não se preocupe com essa parte.

— Ah, mas eu amei te carregar. Vem, me segue.

— Para onde pretende me levar, Carter? Nem pense que eu vou entrar nessa mata com você.

— Eu não vou te levar para o meio da mata. É só um pequeno trecho para chegar a um lugar que você vai amar.

— Hum... Não sei não, hein... Será que posso confiar em você?

— Te dou minha palavra, você não vai se arrepender.

— Está bem, vamos ver no que isso vai dar.

Ele me ajudou a descer da pedra e eu o segui por um trecho fechado da mata. O trecho era escuro, úmido e de difícil acesso. Carter não soltava minha mão por nada.

Assim que saímos daquele trecho, meus olhos brilharam. Estávamos em um lugar que parecia surreal. Era um campo gigantesco, com a grama bem verde, cercado por vários tipos de árvores, mas principalmente por pinheiros.

No começo desse campo tinha uma pequena colina com pedras enormes. Carter me levou até o alto das pedras. Lá em cima tinha uma vista espetacular: perto do horizonte havia um lago, o sol estava começando a se pôr e, quando seus raios tocaram a água, a superfície do lago pareceu estar coberta por estrelas – uma visão inesquecível.

Uma manada de cavalos selvagens galopava em direção ao lago, o céu estava alaranjado, com algumas nuvens. Parecia um sonho. Nunca tinha visto um lugar assim, era como se fosse o paraíso.

Era um momento muito romântico. Carter me abraçou e quando olhei para ele, nossos olhares se encontraram... Logo em seguida, ele me beijou...

Um beijo doce e apaixonado, ousado e carinhoso. Com aquele beijo já não consegui mais conter meus sentimentos e deixei que ele soubesse que eu estava completa e incondicionalmente apaixonada por ele.

Um beijo perfeito de amor verdadeiro. Dizem que o primeiro beijo é o mais importante, pois é nele que você descobre o quão forte é o seu sentimento pela pessoa; e, em alguns casos, pode-se descobrir se é amor.

No momento em que Carter me beijou, senti de modo muito intenso que era um beijo puro de amor verdadeiro. Aquele momento perfeito parecia surreal, nem nos meus sonhos eu havia chegado perto de imaginar algo tão perfeito e maravilhoso.

Ele olhou nos meus olhos e disse, acariciando meu rosto:

– Você não faz ideia do quanto eu esperei por esse beijo.

Eu estava sem palavras, sorria igual boba, tudo parecia um sonho. Começou a chover, ele me abraçou e me fez sentir como se não houvesse mais nada além de nós dois naquele momento perfeito.

Ele me beijou novamente. A chuva escorria por nossos rostos e nossos lábios. A intensidade da chuva era média e fresca, típica do fim do verão.

– Melhor sairmos dessa chuva. Você não pode ficar doente, minha princesa.

Saímos correndo no meio do campo, naquela chuva fresca e gostosa. Carter veio e me agarrou pelas costas, levantou-me, girou-me, e caímos no chão. Foi algo maravilhoso e engraçado, acabamos ficando um pouco deitados e a chuva começou a passar. Estávamos abraçados e eu disse:

— Jamais pensei que você era assim, Carter, tão... sensível e atencioso.

— Quando você permite que as pessoas se aproximem de você, elas fazem o mesmo... É bom ver você assim, mais... receptiva em relação a mim.

— Você tem que me provar que não vou me arrepender por estar permitindo essa aproximação.

— Você não vai se arrepender, eu te garanto.

— Carter, está escurecendo... É melhor eu voltar.

— É uma pena... Está maravilhoso este dia, não quero que termine, mas também não quero te causar problema com seus pais.

— Problema com meus pais, isso você pode ter certeza que não vai causar. Eles provavelmente nem perceberam que não estou em casa.

— Claro que devem ter percebido, Susana. Você é filha deles e com certeza eles se preocupam.

— Desde que nos mudamos e eles começaram a ganhar promoções em seus empregos, eles nem lembram que eu existo.

— Eu não imaginava... Sinto muito.

— Tudo bem, eu já estou acostumada com isso.

Levantamos e fomos andando para casa. A noite estava fresca e com uma bela lua cheia. Enquanto descíamos, vimos um cavalo se debatendo. Saí correndo para ajudar e Carter foi atrás de mim.

Era um cavalo branco, parecia saudável, mas estava cheio de feridas e estava preso, não parecia um ataque animal. Carter me ajudou a soltá-lo. Quando ele se levantou, pude ver o corte profundo em sua barriga; resolvi levá-lo para casa e chamar o veterinário. Não demorou muito para o veterinário chegar e examiná-lo.

— Ele vai ficar bem. O corte na barriga é um pouco profundo, mas não atingiu nenhum órgão, logo ele ficará bem.

— Muito obrigada mesmo por ter vindo, doutor. Sei que o senhor já estava descansando, mas eu não podia esperar.

— Você agiu certo, Susana. Não importa a hora, para um veterinário, o mais importante é o bem-estar do animal.

— Muito obrigada, doutor.

⁂

Naquela noite não tive sono, fiquei lembrando o que tinha ocorrido. Aquele lugar maravilhoso para o qual Carter me levou; ainda não conseguia acreditar que era real. Apesar da dor do coice, eu devia agradecer à Flicka, pois sem ela não teria acontecido aquilo.

O beijo que ele me deu foi um momento tão perfeito e romântico que até parecia um filme. Eu estava sorrindo como uma boba no meu quarto quando alguém me chamou.

Era mais ou menos uma da manhã. Fui até a janela para ver quem me chamava. Logo avistei Carter em cima da árvore perto da minha janela. Fiquei surpresa e comecei a rir um pouco.

— O que você está fazendo aqui, seu doido?

— Bom... Eu estava sem sono e morrendo de vontade de te ver.

— Você é totalmente doido.

— Quer que eu vá embora?

— Não, entra.

— Está sem sono também?

— Sim, fiquei pensando no dia de hoje.

Ele deitou ao meu lado na cama e me abraçou.

– Eu também. Gostei muito do dia de hoje e mal posso esperar pelo nosso jantar amanhã. Susana, você se importa se eu fizer uma pequena mudança amanhã?

– Não, tudo bem. Mas qual mudança?

– Em vez de vir te buscar às sete e meia, eu te pego às cinco.

– Carter, às cinco eu estou terminando o meu treino.

– Não tem problema, eu te pego lá.

– Ah, pelo menos me deixe tomar um banho antes; eu tomo lá mesmo. Você se importa de esperar um pouco?

– Não, por mim tudo bem.

Ficamos conversando sobre as coisas que gostaríamos de fazer ao terminar o ensino médio no ano seguinte. Depois de um bom tempo conversando, peguei no sono e dormi abraçada com ele.

Na manhã seguinte, ao acordar, vi Carter abraçado comigo, olhando pra mim e sorrindo.

– Bom dia, princesa.

– Bom dia, Carter... Ah, que droga! – Escondi-me embaixo da colcha.

– O que foi?

– Acabei de acordar, devo estar horrível.

Ele começou a rir.

– Susana, você está encantadora.

Carter puxou a colcha.

– Seu bobo, tinha que puxar a colcha?

Ele sorria para mim.

– Você está preocupada com a aparência porque está feliz em me ver.

– Você é muito convencido, sabia?

Ele deu aquela risada doce e disse.

— Não, não sou.

Quando fui levantar da cama, ele me puxou de volta e me beijou. Levantamos e fomos nos arrumar para a escola.

— Agora que pensei nisso. Não tem perigo de os seus pais me pegarem aqui, Susana?

— Não, eles já saíram para trabalhar faz tempo.

Depois que tomamos café, fomos ver como estava nosso novo hóspede. Tratamos dos cavalos e limpamos o ferimento do nosso amigo.

Carter tinha conquistado minha confiança quase por completo. Apesar de um lado meu ainda me dizer para não confiar nele porque era muito arriscado, eu estava disposta a correr esse risco.

— Acho que deveríamos dar um nome a ele.

— Mas nem sabemos de quem ele é ou quanto tempo vai ficar aqui, princesa.

— Ah, mas eu vou descobrir quem é o dono dele e quem o feriu assim. Mas, enquanto isso, é bom ele ter um nome, não acha?

— Tem razão. Que nome tem em mente?

— Blue Jeans, o que acha?

— Diferente, mas legal.

Enquanto eu observava o Blue Jeans, pensativa, Carter me abraçou pelas costas.

— No que está pensando, Su?

— Que tipo de pessoa é capaz de fazer isso com um animal tão indefeso?

— Acha mesmo que foi uma pessoa?

— Eu tenho certeza. Nenhum animal desta região é capaz de fazer isso.

— E o que você está pensando em fazer?

– Eu vou descobrir quem fez isso e o farei se arrepender do dia em que nasceu.
– Su, não vou deixar você fazer isso.
– Por que não?
– É muito perigoso. Sozinha você não vai, eu vou te ajudar.
– Sério?
– Claro, faremos isso juntos, minha princesa.

Senti-me tão feliz quando ele disse que faríamos isso juntos. Carter me apoiava e queria sempre estar ao meu lado.

– Vamos, Su, eu te levo para escola.
– Você dirige, Carter?
– Sim. Surpresa?
– Sim, achei que tinha 17 anos.
– Não, já tenho 18.

❧

Ao chegarmos à escola, Rose ficou de boca aberta e veio correndo falar comigo. Ela sabia que Carter e eu vivíamos em guerra antes.

– Oi, Carter. Desculpe, mas posso roubar a Susana de você um pouquinho?
– Oi, Rose, pode sim, mas não demore muito, hein!

Ele riu, brincando com ela.

– Está bem, está bem. Mas ela é minha, hein!

Ela provocou.

– Ei, eu estou aqui! Não discutam.
– Está bem. Até daqui a pouco, minha princesa.

Carter me beijou e foi ver os amigos dele. Rose me puxou para o canto.

– Minha princesa? Beijo? O que você está fazendo?

— Como assim?

— Você está namorando Carter Mason? Sério? O *bad boy* que vivia em guerra com você? Você enlouqueceu?

— Então né, estou. Ele é muito diferente do que aparenta.

— Tem certeza?

— Tenho, pode ficar tranquila.

— Você está sorrindo à toa. Ele conseguiu mesmo te conquistar. Mas quero saber de tudo depois.

— Está bem, depois te conto os detalhes.

— Demorei, Carter?

Ele sorriu e me abraçou.

— Não, minha princesa. Deixe-me adivinhar. Rose te encheu de perguntas, não é?

Eu comecei a rir.

— Exatamente.

Ele sorriu e me beijou, depois fomos para a sala de aula. Continuei pensativa sobre o caso do Blue Jeans e estava decidida a descobrir quem o machucara. E eu iria até o fim!

3
Complicações

    Durante a tarde recebi um telefonema do meu pai, mas, como estava no treino, deixei o celular na bolsa para não me atrapalhar. Logo depois, tomei um banho, arrumei-me e fui encontrar Carter, que já estava me esperando. Como eram apenas dezessete horas e eu tinha que voltar às vinte e uma horas, achei que não teria problema não retornar a ligação.

– Bem, para onde vamos, Carter?
– É uma surpresa, princesa.
– Hum... Rapaz misterioso, interessante.
– Está sendo sarcástica ou falando sério?
– Isso cabe a você decidir.

    Ele deu um sorriso maravilhoso e ligou o rádio. Carter sabia que eu amava cantar e começou a cantar comigo. O tempo foi passando e eu estava tão envolvida conversando com ele que não me dei conta da hora e nem que o lugar era um pouco longe.

Conversamos sobre várias coisas, ele me falou sobre os seus gostos e eu falei dos meus que, para variar, envolviam cavalos. Contei histórias da minha infância com meus irmãos; Carter morria de rir. Falamos também sobre o caso do Blue Jeans e sobre como faríamos para desvendá-lo. A certa hora, eu resolvi fazer uma pergunta específica.

– Carter... Quando você se apaixonou por mim?

– No momento em que te conheci em Ubatuba.

– Sério?

– Sim. Aquela garota linda com cara de ingênua e inocente me chamou muito a atenção. Me apaixonei quando pude olhar dentro dos seus olhos e quando vi seu sorriso encantador.

Meus olhos brilharam e sorri, olhando para ele.

– Agora eu tenho uma pergunta – disse ele.

– Diga.

– Por que você me detestou tanto quando começamos a estudar juntos?

– Eu não detestei você. Na verdade, isso era um escudo para esconder a verdade...

– Que verdade?

– Eu me apaixonei por você na noite em que te conheci, mas tive medo de deixar esse sentimento crescer e acabar magoada, e achei que poderia conter isso agindo como se não gostasse de você.

– E não está com medo agora?

– Estou, mas você faz com que eu me sinta segura. Confio em você.

– É muito bom ouvir isso, princesa.

Ele sorriu e beijou minha mão. Sempre que estava com Carter nada mais me preocupava. Era como se meus problemas, meus pais e as lembranças do passado desaparecessem.

Eu ficava cada vez mais feliz quando estava ao lado dele e sentia que aquele vazio dentro do meu peito começava a desaparecer. Era como se eu estivesse morta todo esse tempo e ele me trouxesse de volta à vida.

Quando me dei conta, estava escuro e tínhamos acabado de chegar em Ubatuba.

– Carter! Você me trouxe para a praia! Sabia que eu já tinha que ter voltado?

– Su, não se preocupe quanto aos seus pais, depois eu falo com eles. Não vou deixar você se meter em confusão e você mesma disse que eles nem notam sua presença, não é verdade?

– Você é louco, sabia? – falei com uma voz calma, feliz e meio incrédula. A personalidade dele me atraía muito.

– Vai ficar tudo bem, princesa. Estamos quase chegando. Espero que goste do lugar.

– Sei que vou gostar.

Após vinte minutos chegamos a um simples e pequeno restaurante, porém muito aconchegante e romântico, à beira-mar. As paredes eram de madeira maciça antiga entalhada à mão e havia belos quadros em uma delas. De frente para o mar tinha uma bela varanda com guarda-corpo esculpido. O restaurante tinha um ambiente calmo, não muito movimentado, e no lado direito, ao fundo, uma banda tocava músicas instrumentais suaves e românticas.

Era uma noite um pouco fria, com uma bela lua cheia; o céu estava escuro, quase totalmente preto, com apenas algumas estrelas. A maré estava alta e logo chegaria próximo à varanda.

Carter gentilmente me conduziu para uma mesa na varanda sob o luar, à luz de velas.

– Carter... Que lugar maravilhoso. Essa estrutura rústica e antiga é o que dá ainda mais beleza ao lugar. Estou encantada.

– Que bom que gostou, Su. Isso me deixa muito feliz.

– Eu amei este lugar, principalmente pela simplicidade. Como o conhece?

– Bom... Foi aqui que meus pais tiveram seu primeiro encontro. Meu pai sempre me falava daqui e, há cerca de dois anos, eles me trouxeram aqui para conhecer e me contaram a história deles.

– Pelo visto é um lugar muito especial para você.

– Sim, é um lugar muito especial. Quando eu conheci a história dos meus pais jurei para mim mesmo que só voltaria aqui com uma pessoa muito especial, uma pessoa com a qual desejo passar todos os meus dias, amando-a e fazendo-a sorrir. Essa pessoa, Susana... é você. Nunca senti por alguém o que estou sentindo por você. Sei que pode parecer meio cedo, mas é o que sinto no fundo do meu coração... Eu te amo, Susana, e esse sentimento cresce a cada dia.

No momento em que ouvi aquelas palavras, meus olhos se encheram de lágrimas; nunca tinha sentido tamanha felicidade. Foi como se tudo parasse, nada mais importava, apenas nós dois, naquele momento único e perfeito.

Carter conseguiu me surpreender ainda mais, não imaginei que ele fosse assim. Ele estava me contando as coisas mais importantes de sua vida e, naquele momento, percebi que confiava nele completamente e que já não tinha mais nenhuma defesa ou escudo contra ele. Eu estava amando Carter Mason.

– Carter, eu... eu só consigo dizer que você quebrou todas as minhas barreiras e com um simples olhar me fez te amar... Não sei como consegue, mas você me desarma, fico totalmente vulnerável, mas, mesmo assim, você me faz sentir segura. Eu te amo, Carter Mason.

Essas palavras saíram com tudo, do fundo do meu coração. Ele sorriu de uma forma que me deixou sem palavras, levantou-se, pegou minha mão e colocou uma linda aliança prateada em meu dedo.

– Aceita namorar comigo, Susana?
– Nada me deixaria mais feliz, Carter.

Ele me beijou. Um beijo apaixonado e sincero, ele me abraçava forte. Nunca me senti tão segura. Carter preenchia o vazio que existia no meu peito.

Durante o jantar descobrimos que tínhamos gostos muito diferentes, e isso fez com que nos aproximássemos cada vez mais. Conversamos sobre vários assuntos, principalmente sobre nossas famílias. Vi que, em alguns pontos, tínhamos coisas em comum. Contei a ele sobre o que ocorreu entre mim e meus pais nos últimos dois anos. Ao lado de Carter conseguia me expressar facilmente, não me importava de mostrar e falar como estava me sentindo.

Depois do jantar fomos caminhar pela praia. A maré estava alta e molhava nossos pés. A água estava gelada, mas como estávamos caminhando, logo nos acostumamos.

– Carter, me conte quais seus planos para o futuro.
– Em curto ou longo prazo?
– Curto prazo.
– Bom, pretendo fazer faculdade de Geologia. E você, Susana? Quais seus planos em curto prazo?
– Bom... Ainda não tenho certeza se vou para a faculdade, mas, se for, quero fazer Medicina Veterinária.

– Isso é a sua cara, mas por que não tem certeza?

– Não sei se meus pais vão gostar muito.

– Susana, não pode ficar presa aos seus pais para sempre; você é forte e independente. Eles não podem mandar em você para sempre. Seus pais precisam notar que você não é mais a mesma garota de dois anos atrás.

– Queria acreditar em mim do mesmo modo que você acredita.

– Sei que você consegue. Só precisa de uma força.

Em certo momento, Carter me puxou delicadamente até que meu corpo ficasse colado ao dele. Começou a acariciar meu cabelo e meu rosto, sem tirar os olhos dos meus, e sussurrou:

– Você é a garota que eu sempre sonhei em ter ao meu lado pelo resto da vida.

Sorri e, em seguida, ele me beijou. Foi um momento perfeito e, por mim, teria durado para sempre; no entanto, meu pai ligou e nos interrompeu...

– Onde você está?! Já viu que horas são?! E por que não atendeu quando te liguei mais cedo?

Seu tom de voz estava alterado de um modo que não parecia meu pai.

– Oi, pai, não atendi porque estava no treino e como o senhor nunca me liga...

– Não quero saber! Quero você em casa em dez minutos!

– Isso não vai ser possível, pai, estou um pouco mais longe...

– Não brinque comigo, Susana! É melhor você vir para casa agora ou vou te buscar à força!

Ele desligou o telefone na minha cara; fiquei sem reação. Meu pai nunca tinha agido daquela maneira, aquele não parecia meu pai. Estava assustada e com os olhos cheios de lágrimas.

Imediatamente, Carter me abraçou de uma forma muito carinhosa e me fez sentir totalmente segura, como se nada no mundo pudesse me machucar, como se existisse apenas nós dois.

– É melhor voltarmos, Carter. Meu pai resolveu prestar atenção em mim.

– Claro, meu amor, mas não acha melhor voltarmos amanhã de manhã? Já é uma da manhã e está ameaçando chover. Mas se quiser voltar agora, eu te levo com todo o prazer.

– Não, você tem razão, Carter... Caramba, nem vi a hora passar. Não é bom você dirigir à noite. Você precisa descansar.

– Não se preocupe, amor. Vai ficar tudo bem, eu prometo.

Ele me abraçou ainda mais forte e me deu um beijo na testa. Fomos para o carro procurar um lugar para passar a noite. Eu estava muito nervosa. Uns vinte minutos depois chegamos a uma pequena pousada, que, por sorte e em vista da hora, ainda estava aberta. Registramo-nos e, assim que entramos no quarto, fui tomar um banho para relaxar e tirar meu pai da cabeça. Deitei-me e, logo depois de tomar banho, Carter deitou-se ao meu lado, abraçou-me e me beijou.

Seus lábios eram doces. Aconcheguei-me em seus braços. Tentei não ligar para o modo como meu pai havia falado, mas não aguentei. Uma lágrima escorreu pelo canto do meu olho.

– Su, meu amor, pode ficar tranquila. Seu pai não vai fazer nada. Não deixarei que ele faça nada a você. Estou aqui e vou protegê-la.

Suas palavras me confortaram, abracei-o ainda mais forte e logo depois adormeci. Dormimos abraçados... Na manhã seguinte, Carter me acordou com um beijo. Depois que tomamos café, pegamos a estrada.

Eu estava quieta e com medo. Meu pai tinha ligado mais dez vezes, mas eu deixei o celular no silencioso para não ficar ainda mais nervosa.

Carter fazia de tudo para me descontrair e era incrível como ele sempre conseguia.

☙

Quando chegamos à minha casa, pensei que meu pai estaria no trabalho, mas me enganei; ele estava na varanda, esperando por mim, com uma expressão de raiva no rosto.

Congelei assim que desci do carro e o vi vindo rapidamente em minha direção. Carter, no mesmo instante, abraçou-me e me colocou atrás dele, porém, quando viu que a expressão do meu pai havia mudado de raiva para alívio, soltou-me. Então meu pai me abraçou e disse:

– Ah, Susana, eu estava tão preocupado. Por onde andou, filha? Por que não voltou ontem à noite?

– A culpa foi minha, senhor, peço desculpas. Sou Carter Mason e amo sua filha. Convidei-a para jantar ontem e a levei para Ubatuba, em um restaurante que é muito especial para mim. Deveria ter pedido sua permissão e, mais uma vez, peço desculpas. A Susana não tem culpa nenhuma.

– Carter, eu admiro sua posição. A maioria dos rapazes hoje em dia jamais faria isso que você fez. Mas quero que se afaste da Susana. Você não é nada bom para ela.

– Pai! Você não pode me proibir!

– Eu sou seu pai e eu dito as regras aqui!

– Senhor Lima, com todo o respeito, eu amo sua filha e ela aceitou namorar comigo. Não vou me afastar dela. Nem o senhor nem ninguém vai me impedir de ficar com ela.

– Vocês namoram, é? Pois preste atenção: vocês não vão ficar juntos e ponto final! Susana, vá já para seu quarto! E você, suma daqui, rapaz! Não quero vê-lo perto da minha filha nunca mais!

Corri e abracei Carter. Ele me deu um beijo na testa e disse:

– Não se preocupe, minha princesa. Vamos dar um jeito nisso.

Meu pai me puxou e me empurrou com força em direção à casa. Ele expulsou Carter como se fosse um cachorro. Comecei a ter ódio do meu pai depois disso.

Fiquei nervosa e com vontade de chorar, de tanta raiva. Quem ele pensa que é para do nada se importar e estragar minha felicidade? Ele veio falar comigo e, no momento em que abriu a porta, eu o empurrei e fechei a porta, tranquei e gritei:

– Vai embora daqui! Você só pensa nessa droga de trabalho e em ganhar dinheiro! Há dois anos nem se lembra que eu existo e quando finalmente volto a ser feliz, você quer mandar em mim dizendo que não posso ficar com ele! Vai embora! Eu te odeio!

Sei que essas palavras magoaram muito meu pai, mas eu estava com muita raiva. Já não aguentava mais tudo aquilo, aquele foi o motivo final para eu explodir. Meu pai permaneceu calmo e disse:

– Sei que odeia o que estou fazendo agora, filha, mas isso é para o seu bem e para sua proteção. Esse rapaz não é o cara certo pra você, querida. Ele vai acabar te magoando. Perdoe-me por não ter te dado atenção nesses últimos anos. Sei que não fui um bom pai. Vou passar a te dar mais atenção e passar mais tempo com você. Vamos voltar a cavalgar juntos. O que acha?

– Vá embora! Eu não quero passar tempo nenhum com você!

Estava com tanta raiva que só percebi o quanto aquelas palavras poderiam magoá-lo depois que falei. Eu nunca imaginaria que no futuro meu pai teria razão.

Na manhã seguinte, quando cheguei à escola, Carter veio falar comigo assim que me viu para saber como eu estava.

Estava péssima. Detestei ter magoado meu pai e detestei o que ele fez. Carter me abraçou e ficamos conversando no pátio durante a primeira aula.

Ele me prometeu que daríamos um jeito e que nada jamais nos separaria. Eu estava muito chateada. Meu pai não era assim, nunca foi, ele era compreensivo e antes costumava conversar comigo.

Quando entrei na segunda aula, não prestei atenção em nada que o professor falou. Rose veio falar comigo para saber mais do que estava acontecendo. Depois que contei tudo, ela ficou de boca aberta. Não sei o que a deixou mais surpresa: o fato de Carter ser totalmente diferente do que parecia ou o fato da reação do meu pai ter sido aquela.

Ela compreendeu minha situação e me deu uma ideia completamente maluca e irresponsável, porém muito interessante. Não pensei que uma ideia assim me atrairia tanto.

– Su, por que vocês não fogem? Passem um tempo juntos longe daqui, amiga. Curtam o namoro de vocês durante as férias do meio do ano e depois voltem e enfrentem o que tiverem que enfrentar.

– Isso é loucura, amiga, mas tem chances de dar certo.

Quando Rose falou com Carter sobre fugirmos nas férias, ele amou a ideia. Achei que não iria querer, então lembrei que ele ainda era um *bad boy*.

Faltavam apenas duas semanas para as férias de julho. Rose ajudava Carter com os preparativos para nossa fuga, enquanto eu cuidava do Blue Jeans para que ele melhorasse a tempo. No período em que eu estivesse fora, Rose iria cuidar dele e garantir que ele não teria nenhum problema.

A ideia de fugir me dava um pouco de medo. Nunca tinha pensado nisso, mas percebi que queria ser livre daquele mundo do qual eu me encontrava prisioneira. Percebi que eu estava libertando uma parte minha que eu nem sabia que existia, e essa parte tinha o coração indomável de um cavalo selvagem.

Passar as férias inteiras longe dos meus pais e da minha vida vazia seria maravilhoso, principalmente porque eu estaria com Carter.

O modo protetor do meu pai me sufocava. Há dois anos eu estava acostumada a meus pais não ligarem para as coisas que eu fazia e do nada eles começaram a ligar.

Tudo o que eu desejava era ser livre daquela vida triste e vazia, desejava viver e não apenas existir. Queria estar com quem amava acima de tudo.

4
Fuga

No último dia de aula, Carter passou bem cedo em casa, antes que meus pais acordassem. Coloquei as malas no carro. Fui rapidamente ver como estavam os cavalos e cuidar para que nada acontecesse com eles durante minha ausência.

Já havíamos combinado tudo: a cada dois dias Rose iria ver os ferimentos do Blue Jeans e ver se o tratador estava cuidando direito dos meus cavalos. Eu ligaria para ela de um telefone público. Na volta, enfrentaríamos meus pais e quem mais fosse preciso.

Passarmos as férias juntos não teria preço. Seria a melhor coisa de nossas vidas.

Passamos em frente à escola para nos despedirmos da Rose. Logo depois partimos para nossa viagem. Eu olhava pela janela do carro meio pensativa, fiquei distante por alguns minutos, mas logo voltei à realidade. Fiquei um pouco preocupada, porém rapidamente isso se transformou em alegria e entusiasmo. Seria uma viagem inesquecível.

– Arrependida de fugir, meu amor?

– Não, claro que não. Estou imaginando como será a reação dos meus pais quando descobrirem.

– Relaxa, vai ficar tudo bem.

– Tenho certeza que sim. Então, você não vai mesmo me contar para onde vamos?

– No aeroporto você vai saber. Acredito que vá gostar.

– Qualquer lugar do mundo em que eu esteja com você será o lugar perfeito.

– Awn, que fofa você.

Quando chegamos ao aeroporto, agíamos como recém-casados indo para a lua de mel, de tão felizes. Nosso destino seria Veneza, Itália. Estava com o coração a mil, não sei se era de animação, ansiedade ou preocupação.

❧

Depois de um voo de treze horas, chegamos, fomos para o hotel e nos registramos. Já estava escuro, por isso fomos para o quarto. Antes de entrarmos, Carter colocou as malas na porta, pegou-me no colo, entrou, colocou-me com delicadeza na cama e me beijou.

Enquanto ele foi pegar as malas, resolvi tomar um banho. Assim que saí, ele tinha preparado uma mesa na varanda para jantarmos à luz de velas. A noite estava com uma lua cheia maravilhosa e a vista era linda.

Carter estava cada vez mais romântico, estava tudo mais que perfeito. Não tínhamos nenhuma preocupação, apenas nós dois, sem ligar para o resto do mundo, curtindo nosso namoro.

O jantar estava maravilhoso, não consegui parar de sorrir. Nada poderia ter me feito mais feliz até aquele momento. Depois do jantar Carter foi tomar um banho e eu me deitei. Quando o vi saindo do banheiro apenas de cueca, sem camisa, com algumas gotas de água ainda em seu peito e seus braços, fiquei com um pouco de vergonha, mas não conseguia parar de admirar aquele rapaz maravilhoso em todos os sentidos.

Carter despertava o melhor em mim e eu estava cada vez mais apaixonada por ele.

– Admirada, meu amor? – ele perguntou, rindo um pouco.

Fiquei vermelha com a pergunta e me escondi debaixo da coberta. Ele veio devagar por cima de mim com um sorriso suspeito e maravilhoso, puxou delicadamente a coberta.

– Você fica tão fofa quando está com vergonha, mas não precisa ficar com vergonha, minha linda. Prometo que não serei malvado com você, só um pouquinho. – Ele sorriu e me beijou.

– Carter... Eu...

– Shiii, minha princesa. Eu sei. Cuidarei de você e serei muito carinhoso, prometo. Agora relaxe, meu amor, eu te amo.

Carter me abraçou e me beijou completamente, cada vez mais carinhoso, beijando meu pescoço e meu corpo...

ॐ

Quando acordei na manhã seguinte, senti meu corpo colado ao dele. Sua pele quente e macia, seus braços fortes me envolvendo. Eu pensei que fosse um sonho.

Carter acordou, abraçou-me forte, puxou-me para cima dele e me beijou. Foi então que percebi que tudo era real.

– Bom dia, meu amor. Dormiu bem?

Ele não deixou que eu saísse de cima dele e estava me enchendo de beijos.

– Bom dia, querido. Dormi maravilhosamente bem, e você?

– Melhor do que nunca. Eu te machuquei? Está com dor ou alguma coisa, princesa?

– Não, meu amor, está tudo perfeito.

– Tem certeza, minha linda?

– Tenho, amor. Tudo isso não podia estar mais perfeito.

Carter me olhava carinhosamente, passava a mão pelo meu rosto e meu cabelo. Eu me sentia nas nuvens. Estava no paraíso e não queria mais sair.

Depois do café fizemos um passeio de gôndola pelos belos canais de Veneza. O dia estava lindo e quente, estava muito romântico. Deitei minha cabeça no ombro de Carter e apreciei o passeio.

Fomos a vários museus e eu parecia uma criança de tão feliz. Os quadros e as esculturas me fascinavam. Várias vezes, Carter riu do meu jeito infantil. Nunca tinha ido a um museu e estava amando aquilo...

– Minha linda, eu tive uma ideia.

– Qual?

– O que acha de, em vez de passarmos as férias todas em Veneza, voltarmos a Ubatuba, onde tudo começou?

– Carter, isso seria perfeito, mas será que não vão nos procurar lá?

– Não, eles vão nos procurar em lugares bem distantes.

— Voltar para onde tudo começou, juntos, nas férias, será perfeito.

༄

Depois de uma semana em Veneza fomos para Ubatuba. Ficamos no prédio ao lado do qual eu havia ficado quando nos conhecemos.

Eu estava na varanda, observando a noite, quando Carter me abraçou pelas costas e vendou meus olhos.

— Tenho uma surpresa para você, bebezinho.

Eu me virei e ele me entregou uma caixinha. Quando abri, tinha um lindo colar.

— Carter, é lindo! Eu amei.

O colar tinha duas partes, um coração e uma chave. Ele colocou o coração no meu pescoço, depois coloquei a chave no pescoço dele.

— Só você tem a chave do meu coração.

Ele sorriu, abraçou-me e me girou no ar. Passados uns três dias, comecei a sentir um pouco de enjoo. Carter ficou preocupado, pois fiquei enjoada por alguns dias.

— Su, o que está acontecendo?

— Eu não sei, Carter. Não é normal eu ficar enjoada.

— Su, será que você está...

— Não diga isso!

— Calma, meu amor.

— Não, Carter, isso não pode estar acontecendo. Eu não quero um filho agora. Olha a nossa idade!

— Meu amor, calma. Estamos juntos nessa. Nada vai nos separar, eu prometo.

Eu estava quase chorando. Não acreditava que aquilo estava acontecendo.

– Vem, meu amor. Vamos até a farmácia e compramos o teste.

– Está bem.

O teste deu positivo.

Três dias depois, eu estava mais calma e aceitei o fato de que seria mãe. Quando contei a Rose, ela quis me matar. Eu estava preocupada em como lidaria com tudo aquilo, principalmente com meus pais. Se eles já não gostavam do Carter, imagine quando soubessem que estava esperando um filho dele!

Carter me acalmou e aproveitamos os dias que passaram. Ele não gostava muito de areia, então passeávamos bastante pela cidade. Eu estava feliz e os dias passavam calmamente.

Certa noite, enquanto dormíamos, a polícia arrombou a porta e pegou todas as nossas coisas. Levei um susto muito forte com isso e não me fez bem. Não entendi o que estava acontecendo, até que vi meus pais entrando pela porta do quarto.

☙

Na manhã em que fugimos, meu pai acordou com a intenção de me pedir desculpas, pois ele achou que tinha sido meio duro quanto ao Carter. Ele queria conversar e recomeçar. Queria conhecê-lo e saber mais sobre sua história, mas o semblante calmo e arrependido em seu rosto se transformou em um olhar de raiva e ódio quando leu minha carta.

Queridos Papai e Mamãe,

Sei que quando lerem esta carta eu já estarei longe daqui. Quero que saibam que voltarei, mas preciso fazer isso. Há dois anos vocês nem se lembram de que eu existo. Preciso ficar um tempo longe de tudo isso, longe desta vida vazia.

Não vou falar para onde vou e nem com quem estarei, mas saibam que estou em boas mãos. Preciso fazer isso para me reencontrar. Estarei de volta no fim das férias.

Amo vocês.

Ass.
Susana Lima.

Meu pai foi correndo mostrar a carta para minha mãe, que, pela primeira vez em muito tempo, voltou a se preocupar comigo. Obviamente, a primeira pessoa que procuraram foi a Rose:

— Sei que você sabe, Rose, e quero que me diga imediatamente onde a Susana está e com quem.

— Senhor Lima, eu não faço ideia para onde ela foi e...

— Não minta pra mim! — Meu pai a interrompeu com um grito. Quando viu que não conseguiria fazer com que ela falasse, ligou para os amigos dele da polícia. Depois de muita procura, finalmente, semanas depois, ele descobriu onde e com quem eu estava...

❧

— Você colocou a polícia atrás de mim?! — perguntei com raiva quando o vi. — Você não tem esse direito! Tenho 17 anos, sei muito bem o que faço! Há dois anos você e a mamãe nem se lembram que eu existo e agora vem se preocupar? Hipócritas!

— Cala a boca! Você não tem direito de falar!

— Senhor Lima, se acalme, por favor. O senhor não percebe o mal que isso fará a Susana? Além disso, ela não pode passar nervoso. Sei que erramos, mas vamos nos acalmar e conversar de modo civilizado.

— Por que ela não pode passar nervoso? Ela é gestante, por acaso?

— É um assunto delicado. Primeiro, é melhor o senhor se acalmar.

Quando Carter se levantou para dizer isso e meu pai viu que ele estava apenas de cueca, ficou com tanta raiva que não pensou, foi para cima dele e começou a esganá-lo.

— Seu desgraçado! Corrompeu minha menina! Eu te mato!

Fui para cima do meu pai para tentar tirá-lo de cima do Carter. Quando consegui que ele saísse de cima, ele viu que eu estava só com a camisa do Carter, deu-me três tapas na cara, depois disse:

— Olha só pra você, defendendo ele. Está parecendo uma mulher que não tem amor próprio e nem respeito por si. Parece uma mulher da vida! Você não é minha filha! E quanto a você, rapaz, não chegará perto da minha filha nunca mais. E se chegar, eu te mato!

Aquelas palavras me destruíram por dentro, mas isso não fez com que eu abaixasse minha cabeça.

— Você não pode dizer nem fazer isso! Segundo o que você mesmo acabou de dizer, não sou sua filha. E nunca poderá me separar dele.

Levei mais um tapa ao dizer isso e ele me jogou no chão, caí de bruços. Carter gritou e foi até onde eu estava antes que meu pai me desse um chute.

– Pare! Ela está grávida!

No exato momento em que meu pai ouviu isso, o olhar dele pareceu possuído.

– Su, meu amor, você está bem?

– Estou bem, Carter, calma.

Meu pai gritou:

– Grávida?! Você está grávida?!

Carter o impediu de chegar até mim e eles começaram a brigar. Os policiais finalmente interferiram e os separaram. Deram-nos vinte minutos para trocar de roupa e arrumar as coisas. Os policiais esperaram no corredor enquanto outros levaram meu pai e tentaram acalmá-lo.

Carter me abraçou forte, sabia que eu estava assustada. Sempre me senti segura nos braços dele, porém, desta vez, não pude conter o choro.

– Calma, meu amor, vai ficar tudo bem. Nada vai nos separar.

– Estou com muito medo, Carter.

– Fique calma, Susana. Isso faz mal para o bebê.

– Agora estou ainda mais preocupada com o bebê, amor.

– Por que, Su?

– Tenho medo que meu pai faça algo para que eu não chegue ao fim da gestação.

– Fique calma, minha linda, ele não vai fazer nada. Eu te prometo que nada vai acontecer ao nosso filho.

– Agora, mais do que nunca, ele quer nos separar.

– Nada jamais vai nos separar, Susana.

– Promete, Carter?

– É claro que prometo.

– Carter, eu te amo.

– Eu também te amo, Susana. Amo você mais do que qualquer outra coisa.

Ele me beijou e os guardas vieram nos chamar. Carter não me soltava de jeito algum e, quando chegamos ao térreo, minha mãe veio falar comigo.

– Seu pai me disse a verdade, Susana? Você está grávida?

– Sim, Carter é o pai.

– Vocês dois não têm nada na cabeça mesmo.

– O quê? Agora vai vir com sermão dizendo que deveríamos ter tomado mais cuidado? Ah, dá licença, vai. Volte para o seu trabalho e me deixa.

– Su, meu amor, não fale assim com sua mãe.

– Escute seu namorado. Desculpe, Susana, não quero dar sermão, quero te ajudar neste novo momento, mas não posso contrariar seu pai.

– Senhora Lima, peço desculpas pelo que causei. Eu só queria provar para Susana que a amo muito.

– Está tudo bem, Carter, mas sabe que terá de se afastar da Susana.

– Vai mesmo afastar ele de mim e do bebê?!

– É para o bem de vocês dois. Seu pai não quer que fiquem juntos.

Eles me levaram embora. Os dias que se seguiram foram péssimos, eu não sorria, Carter falava comigo, mas apenas por mensagem. Meu pai não olhava na minha cara e eu estava proibida de sair. Rose vinha sempre me ver. Estava sentindo falta do Carter, os dias eram cinzas, sem vida, sem alegria.

Certa manhã, minha mãe me levou ao médico que iria acompanhar minha gestação. Ele disse que minha gravidez era de risco e que eu teria de tomar muito cuidado.

Quando contei ao Carter, ele ignorou o meu pai e marcou para nos encontrarmos. No mesmo dia, às onze da noite, ele veio até minha casa e entrou no meu quarto pela janela. Eu o abracei forte e disse:

– Ah, Carter, que saudade. – Estava com lágrimas em meu olhar.

– Oi, meu amor, eu também estava morrendo de saudade.

– Esses dias têm sido horríveis.

– Eu sei, bebezinho, mas estou aqui agora.

Conversamos bastante sobre o que eu deveria fazer para me cuidar e não correr riscos. Estar junto de Carter era a melhor coisa, eu me sentia em paz.

Eu estava quase adormecendo em seus braços quando meu pai entrou no quarto.

– Vocês pensam que sou idiota, né? Achou mesmo que eu não descobriria que ele estava aqui, Suzana?

– Pai, eu...

– Não diga nada. Eu sabia que mais cedo ou mais tarde ele viria te ver, e quando soube que você corria risco, eu sabia que ele viria.

– Senhor Lima...

– Quieto, rapaz, vá embora agora. Aproveite que eu estou calmo. Quanto a você, Suzana, arrume suas coisas.

– Su, meu amor, eu voltarei logo, eu prometo. Em breve nós estaremos juntos.

– Promete?

– Claro, meu amor. Nada vai nos separar.

Depois que Carter foi embora, meu pai olhou para mim e disse:

– Arrume todas as suas coisas, Suzana. Descanse e quero você em pé amanhã às sete e meia.

– Vai me expulsar de casa?

– Apenas faça o que eu estou falando. Vai ser melhor para você.

– Pai?

– Diga.

– Me perdoe.

Ele apenas virou as costas e saiu. Aquilo me machucou, mas não tirei a razão dele de não querer me perdoar. Eu não fazia ideia do que viria a seguir...

5
Promessas quebradas

Na manhã seguinte, tudo mudou. Meus pais não me deixaram sozinha por um minuto. Quando os pais de Carter souberam do ocorrido, concordaram que deveríamos ficar separados.

Meus pais decidiram que iríamos nos mudar para São Roque, uma cidade do interior que era conhecida como a cidade do vinho. Odiei a ideia.

Minha vida havia mudado completamente. Não pude me despedir do Carter nem da Rose. Paguei um preço alto, perdi tudo o que eu amava.

— Filha, eu sei que é difícil essa mudança, mas isso será o melhor para você e para o seu bebê. Sabe que eu e seu pai só queremos o melhor para você. Ainda vai nos agradecer.

– Agradecer? Pensa realmente que eu vou agradecer por estragarem minha vida? Por me separarem de quem amo? Ou por meu bebê não conhecer o pai?

– Filha, eu sei que parece que você está perdendo tudo, mas...

– Olha aqui, mãe, por que realmente se preocupa, hein? Por que não volta a se concentrar no seu trabalho e esquece que eu existo!

– Suzana, não fale assim com sua mãe.

– Ah, me poupe você também, pai. Vai se preocupar com seu trabalho. Da minha vida e do meu bebê cuido eu.

Coloquei os fones de ouvido e deixei a música no último volume. Não queria ouvir mais nada do que tinham a dizer.

Entrei em um mundo só meu, onde eu era livre, feliz, longe daquela vida. Um mundo onde eu estava com Carter, um lugar onde quem fazia meu destino era eu.

Meu celular vibrou... Era uma mensagem de Carter.

> Meu amor, podemos estar separados fisicamente agora, mas meu coração está com você sempre, meu coração está com você aonde quer que eu vá. Logo estaremos juntos novamente. Eu prometo. Eu te amo.

Quando li a mensagem comecei a chorar, desejando estar com ele. Naquele momento começou a tocar uma das minhas músicas favoritas, "Meu destino", do cantor Luan Santana.

Lágrimas não paravam de cair. Olhando pela janela do carro comecei a me lembrar da noite em que nós nos conhecemos, do nosso primeiro beijo, o primeiro encontro, os maravilhosos dias que passamos juntos.

Lembrei-me também das vezes que discutíamos na escola. Coloquei a mão sobre minha barriga e pensei que Carter não acompanharia o desenvolvimento do filho dele. O que mais estava desejando naquele momento era reviver todos aqueles momentos.

– Filha, pensa bem, isso vai ser bom para você. Uma nova cidade, novos amigos e...

– Cala a boca! Não quero falar com nenhum de vocês. Eu odeio vocês. Quero que vocês vão para o inferno. Estão estragando a minha vida. Eu odeio vocês e desejo que morram.

Foram palavras muito fortes, sei que eles se magoaram muito, mas não baixaram a cabeça.

– Já chega! – disse meu pai. – Agora já chega!

Ele parou o carro, tirou-me com força, deu-me vários tapas na cara, xingou-me dos piores nomes possíveis. Ele me deu um soco na barriga e falou:

– Espero que esse bebê morra.

Em nenhum momento me subjuguei, então minha mãe pegou o celular da minha mão e disse:

– A partir de agora você está de castigo. Não pode mais sair e depois das sete da noite não ficará mais com o celular e nem com internet.

Eu estava me contorcendo de dor por causa do soco na barriga, mas fiquei com ódio ainda maior deles.

– Vai pro inferno! Eu te odeio!

Levei mais um tapa na cara por dizer isso e meu pai me jogou novamente no carro. Eu estava com dor por causa do soco e agora estava sem a única coisa que me salvava, a música.

Com todo esse ocorrido, eu havia perdido a Flicka e meus outros cavalos, havia perdido o Blue Jeans, sem ao menos ter a chance de descobrir quem havia feito aquilo com ele.

Perdi minha melhor amiga, perdi meu namorado. Perdi tudo o que eu amava e com que me importava. Foi um preço muito alto, mas eu não me arrependo de nada, se pudesse faria tudo novamente da mesma maneira. Eu odiava cada vez mais meus pais. Eles falavam comigo durante o caminho e eu os ignorava.

– Filha, por favor, responda seu pai, ele te fez uma pergunta.

– Ele não é meu pai e deixou isso bem claro em Ubatuba.

– Suzana, me perdoe, eu não queria ter dito aquilo. Estava com raiva e...

– Ah, me poupe desse seu teatrinho barato. Um pai de verdade não faria o que você fez e nem daria um soco na barriga de uma garota grávida desejando que o bebê morresse. Você não é meu pai! Então faça um favor a nós dois e finja que eu morri. E vai pro inferno.

Meu pai percebeu o quanto aquelas palavras me feriram e no mesmo instante lembrou-se que Carter avisou que isso aconteceria. E percebeu que Carter me conhecia e que só desejava o meu bem. Ele começou a se arrepender do que tinha feito, mas mesmo assim não daria o braço a torcer.

Durante o resto da viagem não falei nem olhei para eles. Meu olhar estava triste, fosco e vazio, eu me sentia à beira do abismo.

Quando chegamos à cidade, eles me levaram à força para dar uma volta e conhecer os arredores. Detestei aquele lugar, não tinha nada para fazer ou para me distrair. Chegamos à nova casa, imediatamente peguei minhas coisas e fui para meu quarto, tranquei a porta e fiquei lá, não queria ver ninguém.

Meus pais tentaram fazer com que eu comesse, mas eu os ignorei. No meio da noite, depois que meus pais já estavam dormindo, fui comer algo. Na manhã seguinte, peguei meu celular e fui falar com Carter. Liguei e contei-lhe tudo o que havia ocorrido, ele não acreditou. Não me deu nenhuma razão, mas também não deu razão para meu pai ter feito aquilo. Depois daquele dia, Carter passou a detestar meu pai.

Ambos prometemos que, mesmo com a distância, não deixaríamos nosso amor morrer. Prometemos superar todos os obstáculos e que jamais algo iria nos separar. Acreditei naquelas promessas de todo o meu coração e não imaginei o que aconteceria depois.

Dias se passaram e aquele vazio no meu peito só aumentava. Durante o dia eu falava com Carter e Rose, mas apesar disso me sentia cada vez mais sozinha. Em alguns dias eu conseguia me esquecer desse sentimento horrível e me concentrava no amor que sentia por Carter e em como ele me ensinava a ver que a vida era bela, e como, mesmo com a distância, esse amor só aumentava.

Certo dia, mandei uma mensagem para ele com o trecho de uma música que gosto muito.

Tem dias que acordo pensando em você e em fração de segundos vejo meu mundo desabar. Daí que cai a ficha que eu não vou te ver, será que esse vazio um dia vai me abandonar? Tem gente que tem cheiro de rosa, de avelã, tem o perfume doce de toda manhã, você tem tudo, você tem muito. Muito mais que um dia eu sonhei pra mim...

Eu trocaria tudo para te ter aqui.

Ele respondeu:

— Awn, que fofa você.

— Fofa o bastante para te conquistar?

— Só de sorrir você já me tem.

Nunca esqueci essas palavras. Palavras doces e verdadeiras, que fizeram eu me sentir muito bem. Durante os dias que se passaram fomos levando daquele jeito, prometendo que logo nos veríamos. Promessas sinceras, pelo menos foi o que pensei...

Depois de dois meses naquela cidade, quando eu estava começando a me acostumar a viver nela, a frequentar a nova escola e estava no terceiro mês de gestação, sofri uma grande desilusão quando Carter disse:

– Susana, precisamos dar um tempo.

– O quê?! Por que, Carter? Foi algo que eu fiz?

– Não, Susana, você não fez nada, mas é que você está muito diferente, não parece mais a garota que conheci na praia.

– Por que isso do nada, Carter?

– Eu preciso de um tempo para pensar, Susana. Espero que entenda. Fique bem, por favor.

– Estou bem, não se preocupe comigo.

– Susana, é sério, quero ver você bem. Eu me preocupo com você e com nosso filho.

– Estou bem, não se preocupe comigo.

Depois disso ele falou que continuaríamos amigos e que continuaríamos conversando... Essa foi a última vez que nos falamos. Depois perdemos contato.

༄

Caí em uma tristeza profunda que, com o tempo, foi piorando. Foi como se meu coração tivesse sido arrancado do meu peito e continuasse batendo em meio a espinhos, de tanta dor.

Depois de ler aquela mensagem fui caminhar. Eu estava completamente sem rumo e desnorteada. Tentava entender o porquê de ele ter feito isso, mas não havia motivos. Eu não parava de chorar. A desculpa de que eu estava diferente não era válida, porque eu não havia mudado em nada com Carter.

Caminhando sozinha por uma estrada vazia
A desilusão eu sentia
Facadas em meu peito
Tudo o que parecia perfeito
Havia sido desfeito

Perdida e ferida
Em um abismo
Vi-me caída.

Enquanto eu caminhava e chorava muito, ventava levemente. A estrada era cercada por árvores, com poucas casas por perto. Os pássaros cantavam, mas eu não escutava. Apenas andava no vazio. Depois de um bom tempo caminhando, eu tropecei e caí de bruços em uma pedra.

Senti minhas pernas molhadas e vi sangue. Estava perdendo muito sangue e comecei a ficar tonta. Só pude ver meu vizinho correndo para me ajudar, depois apaguei.

Acordei no hospital, com minha mãe ao meu lado, segurando minha mão, e meu pai chorando. Eu não falava com eles há dois meses e fazia de tudo para evitá-los.

– O que houve? Por que estou aqui?

– Filha, qual a última coisa de que se lembra?

– Eu estava caminhando, caí, estava sangrando, e vi o Thales vindo em minha direção. Mas onde me cortei para sangrar tanto?

– Você não se cortou, filha...

– Então de onde veio aquele sangue?

– Com o impacto da queda você sofreu um aborto e perdeu o bebê.

– O quê?!

– Infelizmente é verdade, filha, você perdeu seu bebê.

Aquelas palavras... Eu não conseguia acreditar. Foi como se uma espada de dois gumes em chamas atravessasse meu coração e minha alma. Perdi tudo o que eu amava e a chance de ser feliz novamente.

Após aquele dia, nada mais me fez sorrir. Ficava apenas deitada, chorando. Não comia, não bebia, não fazia nada. Minha mãe me obrigava a comer. Certo dia, meu pai veio até mim, com um olhar de dor e tristeza.

– Filha... Posso falar com você?

Eu não queria falar com ninguém, muito menos com ele, depois de todas as coisas que ele havia me dito e feito, e que ainda me machucavam e estavam na minha mente.

– Para quê?

– Filha, por favor, eu quero muito falar com você.

– Você tem cinco minutos.

– É apenas esse o tempo que você dá para o seu pai?

– Você não é meu pai.

Estas palavras o atingiram fortemente.

– Eu sei que errei, mas, por favor, Susana, me perdoe, eu te imploro.

– Te perdoar?! Acha que você merece perdão? Você fez com que minha gestação fosse de risco, foi você que desejou que meu filho morresse, você disse que eu não era sua filha. Agora me diz, você se perdoaria?

Ele olhou para mim pensativo e, então, disse, chorando:

– Não, eu não me perdoaria, não fui um bom pai. Me perdoe, filha.

Meu pai saiu chorando e, quando ele chegou à porta, eu lhe disse:

– Pai...

– Oi, filha?
– Eu te perdoo.
– Por que mudou de ideia?
– Eu não mudei, mas agora que entendeu como me senti todo esse tempo, posso te perdoar.

Ele sorriu com os olhos cheios de lágrimas e me abraçou. Fiquei emocionada e comecei a chorar. Então meu pai olhou para mim e perguntou:

– Filha... De tudo o que você falou agora há pouco, você não falou sobre aquele rapaz... Aconteceu alguma coisa?
– Ele já não importa mais, pai.
– Ele te magoou?
– Ele me pediu um tempo...
– Ah, filha, eu sinto muito, mas eu disse que ele não era bom para você.
– Não consigo acreditar nisso, pai...
– E por que motivo ele faria isso?
– Eu não sei... Queria muito entender o porquê disso.
– Você já contou a ele sobre o bebê?
– Não falo mais com ele...

Meu pai percebeu que eu iria começar a chorar e me abraçou. Chorei como criança, desejando mais do que tudo que Carter voltasse a estar ao meu lado. Chorei tanto que acabei adormecendo.

Quando acordei, meu pai estava lá, ao meu lado, abraçando-me. Fiquei muito feliz quando o vi. Ele percebeu que acordei, sorriu e disse:

– Bom, mocinha, vamos. Hora de levantar dessa cama. Tome um banho e se arrume que vamos sair.
– Não, pai, eu não quero sair.

— Vamos, vai ser bom para você. Vamos fazer como nos velhos tempos. O que acha?

Pensei um pouco e concordei. Eu não estava com nenhum ânimo para sair, mas, como meu pai estava tentando recuperar o elo perdido entre nós, pensei que seria bom sairmos juntos.

Depois que me arrumei, fomos dar uma volta de carro. Era uma noite fresca, mas um pouco fria, noite típica de outono. A cidade estava calma. Paramos em um pequeno restaurante, bem movimentado, com mesas de madeira, um local bem simples.

Eu não estava nem um pouco a fim de comer. Vendo isso, meu pai pediu uma porção de minipastéis de pizza e suco de laranja. Ele sabia que eu não resistiria.

— Isso é golpe baixo, pai.

— Não. Claro que não. Apenas quero que você coma. Você precisa, pois não se alimenta direito há dias.

— E me traz para comer coisas bem saudáveis, hein. — Ri em tom de brincadeira.

Enquanto comíamos, conversamos bastante sobre muitos assuntos, mas evitávamos os mais importantes, que envolviam Carter, a fuga e os dois anos passados.

Meu pai viu que eu estava comendo bem e pediu outra porção. Por mais gostoso que estava ali com meu pai, como nos velhos tempos, eu tinha dificuldade em sorrir, queria que Carter estivesse ali também, mas ele havia me esquecido.

Meu pai fazia de tudo para que eu sorrisse, mas nada adiantava. Quando ele estava quase desistindo, viu-me colocando sal no meu suco.

— Acho que você está colocando algo errado no suco.

— Não pai, eu gosto de suco de laranja com sal.

— Com sal?

— Sim, fica muito bom.

— Está bem. Não se ofenda, filha, mas você não é normal.

No momento em que ele disse isso, comecei a rir. Percebi que no pouco que sorri, meu pai ficou muito feliz. Afinal, nenhum pai deseja ver seus filhos tristes.

Ficamos mais um tempo no restaurante e, quando pensei que iríamos para casa, meu pai me levou para um morro de São Roque conhecido como Morro do Cruzeiro.

A subida era um pouco chata por causa das pedras. Lá em cima havia uma cruz enorme. Estava muito escuro. Nós nos sentamos na ponta do morro. Podíamos ver toda a cidade iluminada. Era um lugar muito gostoso, mas eu estava com um pouco de medo por ser muito escuro e próximo à mata.

Meu pai perguntou como era a nova escola e depois falou sobre o trabalho dele. Conversamos bastante, até que ele perguntou:

— Você o ama, filha?

Eu sabia que ele estava falando de Carter e queria que eu fosse sincera. De repente, a conversa ficou mais séria.

— Sim, pai, desde que o conheci.

— Então, por que não fala que perdeu o bebê?

— Ele não quer falar comigo.

— Você já tentou?

— Não, mas sei que a última coisa que ele iria querer é que eu o perturbasse.

— Filha, me diga uma coisa, por que em vez de vocês lutarem contra mim para ficarem juntos, vocês fugiram?

— Bom, pai... Apesar de eu já amá-lo, eu não demonstrava e era muito fechada. Quando comecei a ser mais receptiva a ele, percebi que o amava e queria deixar esse amor crescer mais e mais. Então, quando estávamos começando a nos entender e demonstrar nossos sentimentos, o senhor veio e proibiu sem nem dar a ele a chance de te mostrar que ele era um bom rapaz...

– Bom rapaz ele não foi muito né, filha, olha o...

– Pai...

– Está bem, desculpe, continue.

– Bom, o senhor não nos deu uma chance de ter um namoro com sua permissão e de conhecê-lo. Sabíamos que, como estávamos no começo de tudo, precisávamos nos conhecer melhor e ver se daria certo, então fugimos.

– E na viagem, como foi para os dois?

– Quer mesmo saber?

– Sim, filha, quero entender o que você viu nesse garoto.

– Foi perfeito, pai. Carter foi tão carinhoso, atencioso e delicado comigo. Fizemos tudo juntos, vivíamos rindo.

– Por que voltaram para Ubatuba, sabendo que era mais perigoso?

– Porque Ubatuba foi onde nós nos conhecemos, foi um momento mágico e, quando voltamos, sentimos aquela magia novamente.

– A magia do amor verdadeiro?

– Sim, como sabe?

– Porque foi essa magia que senti quando conheci sua mãe. Mas filha, se foi amor verdadeiro e você diz que ele foi tudo isso, por que ele a magoou? Você tem certeza de que foi amor verdadeiro?

– Pai, não sei por que ele fez o que fez, mas eu sei que foi amor verdadeiro e eu sei que não importa quanto tempo passe, eu vou esperar por ele e sei que voltaremos a ficar juntos. O amor não falha, o amor supera tudo.

Meu pai não disse mais nada. Depois de um tempo, pudemos ver as estrelas. No momento em que meu pai me mostrou as constelações, muitas lágrimas caíram pelo meu rosto.

Lembrei-me de quando Carter e eu nos conhecemos, eu nunca havia visto uma noite tão estrelada... Minha irmã cantando a música Estrela... Então percebi que meu amor por Carter era como uma estrela, mas uma estrela que jamais iria se apagar, brilharia para sempre. No entanto a estrela que iluminava minha vida, que era o motivo pelo qual eu sorria, havia se apagado e sugado tudo de bom, deixando apenas vazio e escuridão.

Eu tinha perdido aquele que era minha estrelinha...

6
Mudanças

    Entrar no meio do ano em uma escola nova, em uma cidade que você não conhece absolutamente ninguém, não é nada fácil. Na minha outra escola eu tinha uma reputação, todos me respeitavam e me conheciam por ser campeã de hipismo. Mas nessa escola eu era apenas mais uma aluna e a reputação que eu tinha levado anos para construir foi jogada no lixo.

    Eu estava com muito medo de que me ignorassem, mas logo no primeiro dia tive a sorte de conhecer dois rapazes que se tornaram como irmãos para mim, Gustavo e Daniel. Gustavo era meio doido, gostava de brincar e praticava muitos tipos de luta. Já o Daniel era mais "na dele", seus gostos envolviam um estilo mais antigo e não lembro muito bem o porquê, cismei que ele era nerd e passei a chamá-lo assim.

Rapidamente, nós nos tornamos um trio de grandes amigos, meio doidos. Eles me passaram confiança assim que os conheci e nunca a quebraram. Sempre me apoiavam, davam conselhos e broncas, se necessário.

Quando Carter me pediu um tempo e eu perdi o bebê, foram eles que fizeram de tudo para me ajudar. Eu nunca entendi o porquê daquele tempo, já estávamos longe um do outro, não brigávamos, não havia motivos para aquele tempo. Eu simplesmente tive que aceitar, o que resultou em inúmeras dores.

Nessa época, Daniel tinha virado meu psicólogo, sempre me ajudou a entender a situação e como passar por ela. Toda vez que eu tinha um problema, era com ele que eu falava.

Nesse assunto, Gustavo era meio diferente. Ele também me dava conselhos, mas se concentrava mais em me fazer rir para que eu me sentisse melhor. Uma das maneiras era riscar todo o meu braço, eu o riscava de volta e voltávamos para casa os dois com o braço todo riscado, parecíamos duas crianças. Eles sempre me ajudaram muito.

Tempos depois, acabei me acostumando com essa nova vida, mas continuava muito triste, chorava todas as noites pensando em Carter. Ele nunca mais tinha falado comigo e isso me destruía.

Meus pais perceberam que nada me fazia ficar melhor e vieram falar comigo:

– Filha, o que está acontecendo? – perguntou minha mãe.

– Nada faz você sorrir, Susana. Ainda é por causa daquele rapaz? – perguntou meu pai.

Essa era a primeira vez em dois anos que estávamos os três juntos, conversando pacificamente. Por milagre eles tinham largado completamente o trabalho naquele momento para prestar atenção em mim.

– Querem mesmo saber o que estou sentindo?

– Claro, filha, eu e sua mãe nos preocupamos muito com você.

– Bem, se realmente querem saber, não consigo aceitar que perdi meu filho, não acredito que o garoto que disse que me amava e me levou para o paraíso no tempo em que estávamos juntos não fala comigo há mais de um mês e nem sabe que o filho dele está morto.

– Filha, eu te falei que esse rapaz não era certo pra você...

– Pai, não venha com "eu te avisei" porque só vai me deixar pior.

– Susana, minha filha, se esse rapaz realmente gostar de você, tenha certeza de que ele vai voltar. Mas você não pode ficar presa, esperando por isso. Saia, conheça novas pessoas, faça amigos.

– Tenho mais um mês de castigo, lembra, mãe? E não é só por isso que estou triste. A Flicka, o Blue Jeans, nossos outros cavalos, ficaram em Campos do Jordão. Sinto falta de cavalgar e sinto falta da Rose, ela é minha melhor amiga.

– Bom, vamos fazer um acordo. Eu deixo a Rose vir morar conosco se os pais dela permitirem. Deixo você sair à tarde, contanto que volte às seis todos os dias, já que você se comportou nesses últimos meses. Mas terá que treinar sem a Flicka.

– Sem a Flicka, pai?! Sabe que desde que comecei a treinar anos atrás só treino com ela.

– Filha, ou você treina sem a Flicka e volta a ser a campeã que era ou continua de castigo do mesmo jeito.

– Prefiro continuar de castigo ao invés de trai-la e treinar com outro cavalo.

– Trair? Por que você a trairia?

– Eu nunca treinei com outro cavalo e serei leal a ela até seu último suspiro.

– Está bem.

Eles se levantaram e voltaram ao trabalho. Dias depois, assim que acordei, meu pai me chamou para ir ao estábulo lá de casa. Eu não queria ir, mas meu pai insistiu tanto que acabei indo. Quando cheguei lá tive a melhor surpresa de todas.

– Flicka!

Saí correndo e abracei-a. Eu não conseguia acreditar que ela estava comigo novamente. Senti uma paz e uma alegria imensas. Por um momento, esqueci a ferida em meu coração.

– Pai, o senhor falou que não tinha como trazê-la.

– Filha, como você demonstrou uma lealdade tão grande à Flicka e renunciou cavalgar sem ela, vi que você realmente sentia falta dela. Então mandei buscar ela e os outros cavalos, incluindo o Blue Jeans. Mandei que a Flicka viesse primeiro.

– Ah, pai, não sei como te agradecer. Essa é a melhor surpresa de todas! Obrigada, pai!

Estava com lágrimas de alegria caindo quando meu pai disse:

– Que bom que você está feliz, filha. Ver você sorrir é tudo o que desejo, mas eu ainda tenho mais uma surpresa para você. Olhe para o estábulo.

Olhei na direção do final do estábulo e vi uma loira baixinha correndo igual doida. Era a Rose! Eu não podia acreditar. Fui correndo e abracei-a.

– Bem, meninas, eu vou trabalhar. Divirtam-se. Ah! Susana, suas aulas de hipismo começam segunda-feira, às treze e trinta. Ensine a Rose porque ela também fará as aulas com você. Depois ensino o caminho para vocês irem a cavalo. Quero ver duas campeãs, hein!

– Está bem, pai. Muito obrigada mesmo.

Eu não estava acreditando que meu pai havia feito aquilo. Na verdade, o que mais me surpreendeu foi ele ter prestado atenção em mim. Fui com a Rose até meu quarto para que ela arrumasse as coisas dela, e fomos colocando o papo em dia.

– Ah, lourinha, senti tanto a sua falta.

– Eu também senti sua falta, amiga. Não tinha ninguém para ter ideias psicopatas comigo.

– Só você mesmo, amiga.

– E aí, amiga? Como você está em relação a tudo o que aconteceu?

– Sinceramente, estou péssima. É muito doloroso... Ele não fala mais comigo, não sabe o que aconteceu com o filho dele e, pelo visto, não se importa. Nem lembra que eu existo. Não consigo acreditar que ele possa ter feito tudo aquilo, dizer que me amava e depois se esquecer de mim por completo tão facilmente.

– Mas você mandou mensagem para ele?

– Mandei, mas as mensagens não chegam. Antes eu mandava, ele via e não respondia. Agora nem chega, então acho que ele me bloqueou.

– Ah, amiga, ele é um idiota. Você quer matar ele? Se quiser, eu ajudo.

– Não, amiga, mas obrigada pela sugestão.

– Então tá, né? Mas se resolver matar, me chama.

– Pode deixar – eu disse rindo. – Viu, como seus pais deixaram você vir morar comigo?

– Eu não faço ideia do que seu pai falou para eles, mas eles deixaram facilmente.

– Nossa, que estranho... Mas ok, né? Bom, eu tive uma ideia. Vamos sair. Vou mostrar a cidade para você. Não tem muita coisa, mas pelo menos damos uma volta.

Depois de andar bastante pela cidade e mostrar vários lugares para a Rose, fomos ao shopping. Diferente da minha cidade natal, o shopping de São Roque não tinha muita coisa. Fomos jogar Guitar Hero e rimos muito tentando jogar no nível expert.

Quando estávamos saindo, resolvemos passar por uma sorveteria. Nós duas conversamos e rimos muito, mas quem me conhecia e olhava nos meus olhos, percebia que eu estava em uma tristeza tão profunda que parecia estar morta. Enquanto conversávamos, um rapaz veio falar conosco:

– Olá, desculpe-me por incomodá-las, mas te achei muito bonita. Quero lhe entregar esta rosa, que é tão bela quanto você.

Ele era um rapaz alto, bonito, charmoso e com um jeito simples.

– Obrigada. É muito bonita a rosa. Qual seu nome?

– Ricardo. Você me permite saber o seu?

– Me chamo Susana e esta é minha amiga Rose.

– Prazer em conhecê-lo, Ricardo.

– O prazer é meu, Rose.

Eu não queria conversar com ele e nem saber quem ele era. Apenas pensava em Carter e no meu filho.

– Quer sentar-se conosco, Ricardo? – perguntou a Rose.

– Quero sim! Muito obrigada, Rose.

Olhei para Rose querendo matá-la e ela olhou para mim dizendo que não era nada demais. Nós três conversamos por um bom tempo, ele me pareceu um cara legal. Com tudo o que aconteceu, fiquei muito mais cautelosa e construí muros dobrados à minha volta e em volta do meu coração, para que nunca mais perdesse tudo novamente.

    Rose estava um pouco desconfiada dele, mas pensou que seria bom para mim conhecer novas pessoas e esquecer o inútil do Carter. Não havia um só dia no qual eu não pensasse nele. Carter tomou conta dos meus pensamentos e dos meus sentimentos. Durante a maior parte do dia eu me pegava pensando em como ele estava, o que ele estava fazendo, se estava bem, se estava com outra ou se sentia minha falta.

    Mesmo com a Rose e a Flicka ao meu lado, eu ainda sentia um enorme vazio dentro do meu peito. Eu tentava superar, mas não conseguia. Depois de meses sem falar com ele, acabei me acostumando.

    Foquei a minha vida nas escolhas que teria que fazer para o próximo ano, no que sempre me importou. Ainda sentia muita falta dele e um vazio no meu coração, mas decidi guardar isso num baú e continuar minha vida, já que ele tinha me esquecido.

    Certo dia, estávamos na cidade e encontramos o Gustavo e o Daniel:

    – Ei, louca – disse Daniel. – Como está?

    – Ei, nerd, estou bem, e você?

    – Bem também.

    – Rose, esses são meus dois amigos, o Gustavo e o Daniel. O Daniel é nerd. Meninos, esta é minha melhor amiga e irmã, Rose.

    – Oi, prazer em conhecê-la.

    – Ei, nós vamos comer pastel. Querem ir?

    – Pastel de quê? – perguntou Gustavo.

    – Bom, tem vários sabores para escolher, mas nós vamos comer pastel de Nutella.

    – Fechou! Vamos então.

Nós quatro juntos era algo muito engraçado. Rose era doida, Gustavo era maluco, Daniel era divertido e eu, meio psicopata. Brincávamos, ríamos e mexíamos com as pessoas na rua.

Apesar de ter deixado toda uma vida em Campos do Jordão, eu estava feliz por estar ali. Tive a oportunidade de fazer novos amigos. Meus pais voltaram a se preocupar apenas com o trabalho, mas eu já estava acostumada.

❧

Apesar de tudo estar bem, eu sentia muita falta do Carter. Mesmo que eu nunca mais voltasse a vê-lo ou a falar com ele, eu o guardaria sempre no meu coração, com o nosso filho, que infelizmente não teve a chance de nascer.

Em uma tarde quente, eu estava sentada na rua conversando com a Rose e meu vizinho veio falar comigo.

– Oi, Susana, como vai?

– Oi, Thales, vou bem, e você?

– Estou bem. E você? Não se meteu em mais confusão?

– Não – eu disse rindo. – Eu não tive a chance de agradecer o que você fez por mim. Muito obrigada mesmo. Você salvou minha vida.

– Não precisa agradecer. E ele nunca mais voltou?

– Como sabe dele?

– Seu pai me contou.

– Ah. Sim... Não, ele nunca voltou.

– É difícil esquecer, não é?

– Muito, mas fazer o que, né? Temos que continuar nossas vidas.

– Pois é, eu vou cavalgar. Vocês querem vir comigo?

– Claro! Mas tenha calma. Faz tempo que não cavalgo e a Rose nunca montou.

– Então isso será engraçado.

Preparamos os cavalos e realmente foi engraçado. Rose, no começo, saía correndo da égua, e demorou um pouco para sairmos. Depois que finalmente conseguimos sair de casa, fomos pela mesma estrada na qual eu sofri a queda. Como eu não lembrava em que ponto eu caí, isso não me afetou.

O dia estava ensolarado e com algumas nuvens. Ventava bastante. Durante o caminho vimos esquilos pulando de uma árvore para a outra. Fomos a vários lugares, Thales nos levou por trilhas e caminhos difíceis, até lugares muito bonitos. Nenhum deles chegava aos pés dos que estive com Carter, mas era um passeio muito gostoso.

Chegamos a um campo enorme com pedras gigantes e uma árvore no meio. Eu não resisti e fui subir na árvore.

– Amiga, desça daí! Você vai cair!

– Relaxa, amiga, eu sempre subi em árvores.

– É, mas você tem facilidade em cair.

– Hahahaha, relaxa, de árvores eu não caio.

Era uma árvore bem alta, talvez a árvore mais alta que eu havia encontrado para subir. Eu estava me sentindo tão bem enquanto subia, quando cheguei ao topo, a visão era linda. Eu pude ver todo o campo e além dele. O pôr do sol começou e um brilho muito forte atingiu minha vista. De repente, eu não estava mais em cima da árvore e nem naquele campo.

꙳

Eu me vi em um cruzeiro enorme. Fui andando pelo deque e, chegando à proa do navio, eu tive um susto. Eu estava naquele navio vendo a mim mesma debruçada na proa, mas eu estava diferente, meu cabelo estava bem comprido e vermelho, meu olhar estava distante, como se eu estivesse sonhando acordada. Então, percebi que eu estava vendo meu futuro. Meus pais sempre falaram que assim que eu passasse na faculdade, eles iriam fazer um cruzeiro comigo.

Eu continuei me observando e, de repente, vi um rapaz indo na minha direção. Era Carter!

– Com licença, Susana?

A expressão em meu rosto era de total surpresa.

– Carter?! O que faz aqui?!

– Eu vim atrás de você.

❦

Recuperei a visão e eu estava novamente em cima da árvore. Demorei alguns minutos para entender o que tinha acontecido. Aliás, não consegui entender o que foi aquilo. Seria uma visão do futuro mesmo ou apenas algo da minha cabeça? Eu não sabia dizer. Desci da árvore meio em choque, Rose percebeu que eu estava diferente.

– Você está bem, amiga?

– Acho que sim.

– O que aconteceu em cima da árvore? – perguntou Thales.

– Sinceramente, eu não faço ideia.

Fomos para casa e contei à Rose o que eu vi. Ela ficou tão em choque quanto eu. E passamos a noite tentando entender o que foi aquilo. Será que eu veria Carter novamente? Será que ele viria atrás de mim? Demoraria tanto assim ou seria antes? Eu buscava essas respostas, mas não as encontrei.

Quando dormi, sonhei com Carter, mas ele estava longe e não se lembrava de mim. Estava estranho tudo isso. Primeiro, eu tenho uma visão de que Carter virá atrás de mim, e depois sonho que ele não se lembra de mim. Será que meu coração e minha mente poderiam concordar?

Alguns dias se passaram e minha mente e meu coração não concordavam em nada. Resolvi voltar àquela árvore, subi até o topo e comecei a colocar os pensamentos no lugar.

7
Escuridão da alma

No dia em que voltei a fazer aula de hipismo eu fiquei meio apreensiva, pois fazia algum tempo que eu não saltava e não conhecia a pista nem as amazonas ou o instrutor. Estava muito nervosa, no entanto, assim que comecei, esse nervosismo sumiu e foi como se eu nunca tivesse parado. Ao cavalgar pude ir para outro mundo, um mundo no qual eu controlava as coisas e o destino não brincava comigo.

Quando a Rose tentou ir, eu comecei a rir. Ela deixava que o medo a dominasse. O instrutor teve muita paciência. Ele parecia ser um ótimo instrutor, mesmo sendo jovem conseguiu fazer com que ela se acalmasse e tentasse novamente várias vezes.

O dia estava maravilhoso, com o céu azul-claro sem nuvens, o vento estava um pouco gelado, mas o sol brilhava. No final do treino, senti parte de mim revivendo e me senti em paz. Eu estava me preparando para ir embora, quando ouvi alguém me chamar.

– Oi, Susana, que prazer em vê-la.
– Ricardo?! Olá, o que faz por aqui, se me permite a pergunta?
– Vim trazer um livro para um amigo meu. Você treina aqui?
– Comecei a treinar aqui hoje...
– Ah, que legal, bom saber disso.
– Você vem muito aqui?
– Posso começar a vir mais vezes, se você quiser. Diga-me uma coisa, você gostaria de sair comigo qualquer dia desses?
– Nem te conheço direito, por que eu confiaria em você?
– Aceite sair comigo para nós nos conhecermos melhor, apenas como amigos. Eu garanto que pode confiar em mim.
– Confiança tem que ser merecida.
– Vamos, o que me diz?
– Talvez.
– Por que talvez?
– Porque não confio em você.
– Me dê apenas uma chance. Se não quiser mais depois disso, prometo-lhe que sumo da sua vida.
– Está bem, acredito que posso te dar uma chance, mas apenas como amigos.
– Está certo. Vamos comer algo agora?
– Tudo bem, mas não posso demorar.

Conversamos bastante enquanto comíamos. Ele era uma pessoa bem legal e me fez rir bastante. Quando fomos nos despedir, não imaginei que isso podia acontecer. Ao se despedir,

Ricardo me deu um abraço e, em seguida, assim que fui dizer algo, ele me agarrou e me beijou.

Foi totalmente inesperado, o pior é que eu não tinha ideia de quem tinha visto aquela cena. Imediatamente, o afastei de mim e, quando fui falar algo, fui interrompida por uma voz familiar, que dizia:

– Susana! Como pôde fazer isso?! Estou vendo mesmo o grande amor que você tem por mim! Vim até aqui para ver como você estava e como estava o nosso bebê. Eu estava preocupado com você, pensei que poderíamos resolver as coisas, mas pelo visto você nem sentiu minha falta, já está com outro. Adeus, Susana!

– Carter! Espere, por favor! Não é o que parece.

– Não é o que parece?! Como não parece, Susana?! Eu vi com meus próprios olhos! Não me faça de bobo, Susana!

– Carter, por favor, me deixe explicar. Não vá embora novamente, eu te imploro!

– Adeus, Susana!

– Carter! Não, por favor! Carter!

Ele se foi e eu caí em prantos. Ricardo tinha ido embora. Amaldiçoei aquele dia. Comecei a me odiar, nunca devia sequer ter falado com aquele garoto inútil. Rose me encontrou caída no chão, eu não parava de chorar. Não podia acreditar que havia perdido quem eu amava pela segunda vez.

Fui para casa e tomei um banho, sentei na varanda. Não conseguia parar de chorar. Desejei morrer. Perdê-lo pela segunda vez, eu não iria aguentar. Eu caí em um desânimo profundo e lá no fundo havia estacas, elas atravessaram todo o meu corpo, mas uma atravessou meu coração, nada mais tinha sentido.

Dias se passaram, cada vez mais caía em uma depressão mais e mais profunda, não comia, não saía da cama, apenas me odiava. A toda hora lembrava-me do dia em que nos conhecemos.

Quando olhei para ele naquele dia, pela primeira vez senti que o tempo havia parado. Não parecia real, não havia nada além de nós dois naquele momento único e maravilhoso, engraçado e perfeitamente mágico.

Em meus pensamentos, visualizava aquela cena várias e várias vezes como se fosse um filme. O que eu mais estava desejando era voltar no tempo e desfazer tudo aquilo. Tudo tinha mudado. Carter não estava mais ao meu lado. Ele havia virado passado, mas eu não queria isso. Queria tê-lo comigo, cuidar dele, dar-lhe amor e carinho. Daria tudo para ter o perdão dele, poder abraçá-lo e poder amá-lo.

Mais uma vez, meus pais me esqueceram. Rose fazia de tudo para me ajudar. O ódio me consumia. A única coisa que eu fazia era chorar.

Enquanto eu estava nesse estado, Rose cuidava dos cavalos e investigava o passado do Blue Jeans. Nada me alegrava.

Certo dia, minha irmã veio nos visitar e me convidou para passar uma semana com ela, minha cunhada e meu sobrinho em Ubatuba. Eu não queria voltar a Ubatuba... onde tudo aconteceu... Sei que isso me machucaria ainda mais; no entanto as duas me encheram tanto que acabaram me convencendo e resolvi arriscar... No instante em que cheguei, as lembranças vieram como um jato e com uma força insuportável. Segurei as lágrimas e, mais que tudo naquele momento, desejei olhar na varanda e vê-lo, como na primeira vez. Perdi tudo o que mais amava e só o que me restou foram lembranças, as quais me consumiam cada vez mais. Não dava para acreditar como em um piscar de olhos tudo desapareceu.

Os dias que passei em Ubatuba foram muito bons. Pude me distrair, mas todos os dias eu ia até a janela do quarto e tinha a esperança de que ele estivesse lá. Mesmo me divertindo com minha irmã e minha cunhada, minha mente sempre estava nele. Em um daqueles dias em Ubatuba, tomei coragem e mandei uma mensagem para ele e, para minha surpresa, ele respondeu. No mesmo instante meu coração acelerou, havia pensado que Carter nunca mais falaria comigo e nem olharia na minha cara. Fiquei tão feliz com isso que saí pulando de alegria. Minha cunhada e minha irmã, ao mesmo tempo, começaram a me zoar, dizendo:

– O estrelinha voltou!

Não estava nem ligando, sorria feito boba. Ter Carter Mason novamente em minha vida era maravilhoso.

– Pensei que nunca mais falaria comigo...

– As coisas mudaram, Susana.

– Pois é, isso é bom.

– Como está o bebê?

Quando ele focou nesse assunto, meu coração se partiu.

– Eu perdi o bebê, Carter.

– Quê? Como? Susana, por que não me contou?

– Você nem falava mais comigo, Carter. Como queria que eu te avisasse?

– Não importa, Susana, você deveria ter me avisado. Como isso aconteceu? E quando?

– No dia em que você me pediu um tempo...

– Sério? Foi por culpa minha?

– Não, não foi sua culpa. Minha gravidez já era de risco e, quando você me pediu um tempo, fiquei destruída, fui caminhar um pouco para pensar, tropecei e caí. Senti minhas pernas cheias de sangue, fui para o hospital e eu já tinha perdido.

– Eu não imaginava...

— Tudo bem, não tinha como você saber mesmo.

Depois disso aproveitei melhor a praia, meu coração destruído conseguiu se alegrar por falar com ele novamente. As praias pareciam muito mais belas, os dias, ensolarados, e pude me divertir muito com minha irmã, minha cunhada e meu sobrinho.

Falei com Carter todos os dias, conversávamos como amigos. Ele me provocava um pouco me deixando com ciúme, mas eu fingia que não ligava.

— Acho que vou embora, Carter.

— Pra onde, Susana?

— Para bem longe daqui e não pretendo voltar para Ubatuba nunca mais.

— Por quê?

— Muitas lembranças...

— Se você não tivesse feito aquilo...

— Tem que lembrar isso?

— Nunca vou me esquecer do que vi. Ainda tenho a imagem na minha cabeça. Mas que pena que você vai embora.

— E você se importa?

— Sim, você é uma colega que não vou mais ver.

Foi como levar um tapa na cara. Colega? Depois de tudo o que passamos juntos, ele não me considerava nem amiga dele; mais uma vez, ele me destruiu. Toda vez que eu estava rearmando minhas defesas, ele me destruía.

Uma vez, meu pai foi nos visitar e passar dois dias conosco. Foram uma tortura esses dois dias, desde a hora em que ele chegou ficava reclamando por causa do meu celular.

No final da tarde, quando começou a escurecer, eu estava em uma ligação e meu pai se irritou tanto que pegou o celular da minha mão e o jogou em direção ao mar. Minha sorte foi que não chegou até a água, só que metade da tela ficou totalmente preta.

Depois do ocorrido, meu celular foi confiscado até que ele fosse embora. Durante o tempo em que continuamos na praia, eu não queria falar com meu pai, estava com muita raiva dele. Uns amigos que tínhamos conhecido ali tentaram me dar conselhos, dizendo que meu pai estava fazendo isso para o meu bem, porque eu estava passando muito tempo no celular e deixando de aproveitar a viagem com minha família, mas, por mais que eles estivessem certos, eu era teimosa e não queria escutar de jeito nenhum.

Quando voltamos para o apartamento, meu pai saiu com minha irmã, minha cunhada e meu sobrinho. Eles me chamaram para ir, mas eu ainda estava com tanta raiva que não queria nem estar perto do meu pai. Depois que eles saíram, meu pai cometeu um pequeno deslize e deixou meu celular debaixo da blusa dele, no quarto. Logo que eu escutei o barulho da mensagem, aproveitei que estava sozinha e fui pegar meu celular.

— Susana, não quer mais falar comigo?

— Não é isso, Carter. Desculpe. Meu pai pegou meu celular e quase o jogou na água. Até que ele vá embora amanhã, vou ficar sem celular.

— Nossa! Mas o que aconteceu?

— Resumo tudo em uma palavra: implicância.

— Tenso.

— É uma pena você não estar aqui em Ubatuba. Seria muito bom conversar com você pessoalmente.

— Pois é, não dá pra eu ir.

— Bom, tenho que ir antes que meu pai chegue. Até mais, Carter.

— Até, Susana.

Deitei na cama e fiquei pensando o que aconteceria a seguir. Era incrível como Carter era o motivo da minha alegria e ao mesmo tempo o motivo da minha tristeza. Será que voltaríamos a ficar juntos? Não dava para saber. Mas eu desejava isso mais do que tudo, que voltássemos a ficar juntos.

No dia seguinte, reconheci que estava errada e fui pedir desculpas ao meu pai, mesmo sem ter vontade. Durante a tarde fomos para uma das praias do norte de Ubatuba. Pude relaxar e me divertir muito.

Quando voltamos, eu e minha cunhada, Ana Luiza, resolvemos fazer uma tatuagem de henna. Ela fez um filtro dos sonhos e eu um pássaro com notas musicais.

Acabamos fazendo amizade com o tatuador, Rafael, que era muito simpático. Depois disso, fomos falar com ele todos os dias enquanto estávamos lá. Minha irmã nos zoava por ele ser alto, moreno e com o corpo definido e nós nem ligávamos.

No outro dia, Ana Luiza e eu saímos à noite e fomos até uma feira caminhando, havia muitas coisas lindas e interessantes. Encontramos um hippie que vendia brincos de penas diversas muito bonitas e, depois de andarmos a feira inteira, voltamos e compramos dois daqueles brincos.

Depois que meu pai foi embora, pude pegar meu celular e expliquei com mais detalhes para Carter o que havia ocorrido. Poucos dias antes de irmos embora, caiu um temporal muito forte. Nunca tive problemas com temporais, na verdade, eu sempre gostei de ver os raios durante uma tempestade. Horas antes do temporal eu fui à praia me despedir do Rafael, pois viramos amigos. Naquele momento vi um raio cair no oceano, bem perto do horizonte, e, no mesmo instante, senti como se tivesse me atingido. O medo tomou conta do meu corpo; a partir daquele momento, passei a ter medo das tempestades. Na hora não demonstrei como eu estava, apenas fui caminhando para o apartamento, que ficava a poucas quadras do local. Minha irmã já estava preocupada.

– Ainda bem que veio logo. Viu o temporal que está vindo?

– Calma, Kati, eu estou aqui e estou bem.

– Que bom, né? Arrume suas coisas. Logo vamos embora, para não pegar trânsito.

Minha cunhada passou mal e minha irmã a levou para o hospital de madrugada; eu fiquei cuidando do meu sobrinho. Mas a única coisa que passava na minha cabeça era Carter. Não consegui dormir e fui para a janela, olhava para o local em que vi Carter pela primeira vez. Olhei para o céu, mas não tinha nenhuma estrela, estava completamente nublado.

Eu pensava se ele estava com outra pessoa, se ainda me amava ou se pensava em mim. Ele tomou conta da minha mente e voltei no tempo. Como em um filme, eu pude ver nós dois conversando, pude ver claramente seu olhar magnífico, misterioso e ao mesmo tempo sincero.

Já estava perto do nascer do sol quando meu sobrinho levantou e me abraçou. Então ele me perguntou:

– Está procurando estrelas, tia Su?

Meus olhos se encheram de lágrimas, mas me recusei a deixá-las cair. Com um sorriso forçado, respondi:

– Estou sim, meu amor, mas eu não encontrei a que estou procurando.

– Quer ajuda?

Limpei a lágrima no meu olhar.

– Não precisa, querido. Vem, vamos comer alguma coisa. O que quer comer?

– Sucrilhos.

Enquanto eu preparava as coisas para comer, ele me contou o sonho maluco e totalmente sem sentido que ele tivera. Diverti-me com suas histórias. Ele contava de uma forma tão animada, como se realmente tivesse acontecido.

Por pouco tempo distraí minha mente e dei risada com as histórias dele. Enquanto conversávamos, minha irmã chegou com minha cunhada.

Foi apenas um mal-estar, mas ela precisava descansar. Saímos de Ubatuba no final do dia. Olhando pela última vez o oceano, senti meu coração jogado nas profundezas do mar rodeado pelas lembranças dos momentos que passei com Carter. Eles haviam se perdido nas profundas e escuras fendas do oceano e ninguém poderia resgatá-los.

Meu coração não queria aceitar todo o ocorrido. Carter tinha me magoado, no entanto, o que mais doía era que não tinha volta, não haveria outra chance. Não foi apenas ele que cometeu um erro. Eu também errei e me odiava por isso.

Com os fones no ouvido viajava para outro mundo. Criava situações e histórias diferentes na minha cabeça para não pensar nele, mas Carter estava em todas as minhas histórias. Logo peguei no sono, na metade do caminho.

༄

Estava naquela planície no alto das pedras, cercada por árvores. O céu estava nublado, tudo parecia sem cor e sem vida. Eu estava rodeada por uma névoa espessa e escura. Um pequeno brilho surgiu no horizonte, pude ver apenas a silhueta de uma pessoa e, com muito esforço, pude identificá-la. Era Carter! Ele estava lá parado, um sol fraco o iluminava. Desci das pedras e comecei a correr na sua direção, mas parecia que ele ficava cada vez mais longe. Esforçava-me e corria mais e mais, só que não adiantava. Gritei seu nome e ele nem se virava para ver quem o havia chamado, parecia que eu não existia. Caí dentro de um lago, não conseguia voltar à superfície. Era como se eu estivesse em um cubo de vidro cheio de água. Não pude mais me mover, não conseguia gritar, ninguém me via, ninguém me ouvia. Vi Carter chegando perto da água, tentei de tudo para me mover, mas nada adiantava. Uma garota loira, de olhos azuis, alta e com um corpo definido, chegou perto dele, abraçou-o e o beijou. Naquele momento, tudo escureceu e comecei a me afogar.

☙

Acordei assustada e chorando. Eu tremia. Minha irmã parou em uma lanchonete na estrada para que eu me acalmasse e comesse algo. Aquele tinha sido o pior pesadelo de todos os tempos. O pior não foi a parte em que ele ficou com ela, mas a parte em que ele não podia me ver, como se eu nunca houvesse existido na vida dele.

— Está mais calma, Su? – perguntou minha irmã.

— Estou sim, Kati. Graças a Deus foi apenas um pesadelo. Eu realmente espero que não se torne real.

— Susana, com tudo o que vocês passaram, duvido que ele aja como se você não existisse.

— É verdade, Su. Você não voltou a falar com ele esses dias?

– Tem razão, mesmo que não voltemos a ficar juntos, acho que podemos ser amigos.
– Vai dar tudo certo.
– Espero...

8
Amigos

As semanas estavam passando e logo eu começaria o último ano do ensino médio. Tudo parecia normal, mas as chances de ter Carter comigo novamente pareciam totalmente nulas. Pouco tempo depois que voltei de Ubatuba, ele me mandou uma mensagem dizendo:

– Estou em Ubatuba!

No momento em que li a mensagem até levantei do sofá de raiva, porque eu tinha pedido para ele descer para Ubatuba enquanto eu estava lá, mas ele disse que não podia. Logo depois dessa mensagem ele mandou outra:

– Minha amiga Bela me convidou para vir.

Eu estava morrendo de ciúme, mas tentei não demonstrar e continuei a conversa:

– Ah, que bom! Divirta-se!

— Susana, não fique com ciúme, ok?

— Não estou com ciúme.

— Poderia ser você que eu estivesse beijando agora se você não tivesse cometido aquele erro...

Fiquei com tanta raiva que quase não pude me controlar.

— Ótimo! Fique com sua amiguinha.

— Ela não é só uma amiga...

— Ótimo! Fique com sua nova namoradinha.

— Estamos ficando, achei que você deveria saber.

— Seja feliz.

— Ela falou que você não sabe o homem que perdeu.

— Mande pegar você, então!

— Isso não será preciso.

— Tchau, Carter! Depois nos falamos.

Naquele momento eu fiquei com tanta raiva que passei a odiar aquela garota e o nome Isabela. Até hoje, quando escuto esse nome, lembro-me dessa garota e meu sangue ferve com vontade de esganá-la. Garota inútil!

ॐ

Conforme os dias se passaram, Carter e eu conversávamos normalmente. Em alguns dias ele me fazia ciúme, em outros, conversávamos como amigos. Certo dia, enquanto conversávamos, perguntei o que ele estava fazendo, então ele respondeu:

— Estou sentado na rua em frente de casa.

— Por quê?

— Quase engravidei uma amiga.

Quando ele disse isso, não sei bem como fiquei. Fiquei com ciúme, raiva, confusa, indignada e tudo mais que fosse possível.

— Como isso, Carter?! Você não se previne?
— Não tenho culpa se estourou.
— Poupe-me de detalhes. Vamos falar de outra coisa.

❧

Conforme os dias passavam, tudo estava indo bem, Carter e eu estávamos nos dando bem novamente; no entanto, eu não fazia ideia que algo iria estragar tudo novamente. Em um dia meio frio eu estava conversando com Carter quando ele disse:
— Susana, eu nunca deixei de amar você.
Meu coração disparou. Fiquei tão feliz, não sabia como reagir, então eu consegui pensar direito.
— Carter, você não sabe o quanto isso me deixa feliz, porque eu nunca deixei de te amar.
No entanto, antes que eu pudesse mandar outra mensagem, ele me interrompeu de uma forma muito irritada.
— Você ficou com aquele cara de novo, Susana?! Não acredito nisso! E eu aqui dizendo que te amo.
— Carter, eu juro que eu não fiz isso!
— Ah é? Então como explica isso? Aquele cara acabou de me mandar.
Não sei como, mas Ricardo conseguiu o número de Carter e mandou uma foto em que nós dois estávamos nos beijando. Só que o único dia em que nós nos beijamos foi naquele dia inútil no qual ele me beijou a força e Carter viu.
— Carter, por favor, acredite, eu nunca mais vi aquele cara e juro que não sei como ele tirou essa foto.
— Não minta para mim, Susana! Eu estou vendo.
— Carter me escute, por favor!

– Já chega, Susana! Eu tentei voltar, ok, mas já vi que você está com outro... Adeus, Susana!

– Ah, não vem com essa agora, Carter! Olha, se não quer acreditar em mim, tudo bem. Mas não suma novamente, por favor.

– Susana, você sabe que depois disso não terá outra chance.

– Eu sei, mas fique como meu amigo, pelo menos.

– Está bem, Susana, podemos ser amigos.

༄

Fiquei imaginando como aquela criatura conseguiu tirar aquela foto, sendo que assim que ele me beijou eu o empurrei. Aquela foto maldita acabou com a pouca chance que eu ainda poderia ter. Passei a noite inteira chorando e lembrando aquele maldito dia. Senti novamente a escuridão tomando conta da minha alma, como se mais uma vez eu estivesse em um abismo sem fim.

Carter não acreditou em mim e isso me machucou muito. Na foto parecia que eu queria aquele beijo e estava feliz, mas eu não estava. Jamais quis que aquilo acontecesse.

Rose ficou totalmente indignada e queria matar Ricardo. Eu apenas queria voltar no tempo e não ter conhecido aquele cara inútil. Apenas desejava ter Carter comigo novamente, mas isso já não tinha mais chance de acontecer.

༄

Três dias depois, Carter ainda não falava comigo, eu simplesmente seguia minha rotina sem propósito e com muita tristeza. Na escola, Gustavo e Daniel faziam de tudo para me animar. Eu ficava um pouco melhor quando eu cavalgava, mas ainda assim era difícil.

Após tudo o que aconteceu, em um dia nublado, recebi uma notícia que quebrou minha rotina completamente. O detetive que eu havia contratado para descobrir o passado e os antigos donos do Blue Jeans me ligou e forneceu todas as informações que ele havia descoberto. Foi então que resolvi ir até a casa do último dono dele. Minhas suspeitas estavam começando a se concretizar e logo eu descobriria quem o maltratara daquele jeito. Logo fui contar para a Rose o que descobri.

– Bom, como agora você tem todas as informações de que precisa, só falta irmos lá investigar mais sobre o último dono.

– O nome dele é Eduardo Silva. Quero ir investigar, mas tem um problema.

– Qual?

– Ele mora em Campos do Jordão...

– E qual o problema? É só fugirmos, Susana.

– Carter é o problema, Rose.

– Ah, amiga, você acha que vamos encontrá-lo? As chances de isso acontecer são mínimas.

– Mas há chance de acontecer. E se acabar acontecendo e ele não olhar na minha cara?

– Susana, fique calma, ok. Isso não vai acontecer. E caso aconteça de encontrarmos ele, tenho certeza que ele não vai virar a cara para você.

– Está bem, me convenceu. Vamos começar a planejar nossa fuga.

Meus pais nunca nos deixariam ir sozinhas para Campos do Jordão, ainda mais sabendo que Carter morava lá. Eles não conseguiriam entender que meu objetivo lá era investigar o passado do Blue Jeans e me vingar de quem o machucou. Na cabeça deles sei que pensariam que essa seria uma desculpa para ver Carter.

Enquanto Rose planejava nossa fuga, fui passar um tempo com o Blue Jeans. Ele ficou muito triste depois que não viu mais Carter. Cheguei ao estábulo, acariciei seu focinho e comecei a falar com ele.

– Ei, companheiro, como você está? Acredito que vá ficar feliz em saber que estou perto de descobrir quem fez aquela maldade com você. Eu garanto que o farei sentir toda a dor que você sentiu e mais.

A ferida na barriga dele já havia cicatrizado e as outras já não apareciam mais. Ele estava cada vez mais bonito. Tinha engordado e seu pelo estava lindo e brilhante. Sua crina estava longa e solta e seu olhar estava mais vivo do que nunca. Era um garanhão magnífico.

Sempre que eu estava com o Blue Jeans, Carter também vinha em minha mente. Nosso primeiro beijo, o modo preocupado e bondoso como ele me ajudou a salvar aquele animal indefeso. Lembranças fortes que não saíam da minha mente e as quais eu tinha um forte desejo de reviver. Fui cavalgar para pensar um pouco e passar o tempo. As informações que recebi eram intrigantes. Pensei muito no que eu faria quando encontrasse aquele homem. Como ele foi capaz de machucar um animal tão inocente? Faltava confirmar algumas suspeitas, afinal, eu não poderia ser injusta e fazer algo com a pessoa errada. Eu estava decidida a achar o culpado pela dor que o Blue Jeans passou. Faria com que essa pessoa pagasse pelo que fez e tinha muitas ideias de vingança em mente.

Depois de cavalgar por um bom tempo, comecei a pensar novamente em Carter. Será que eu o veria novamente? E se eu o visse, como seria? Ele estaria com alguém? Falaria comigo novamente? Será que ele iria me perdoar por aquela foto? Essas perguntas não saíam da minha cabeça.

Parte de mim desejava voltar para Campos do Jordão apenas para descobrir a verdade sobre o Blue Jeans e me vingar do monstro que o machucou. Porém, a outra parte queria voltar para encontrar Carter. Cavalgando aleatoriamente pelas trilhas, acabei chegando a um ponto muito parecido em que Carter me mostrou aquele lindo pôr do sol em Campos do Jordão. Sentei-me e fiquei observando a vista; era um lugar lindo, dava para ver toda a cidade e os raios de sol tocando as montanhas no horizonte. A beleza daquela cidade não era igual a Campos do Jordão, mas eu tinha que admitir, era uma cidade linda e bem calma. Apesar de no começo parecer o fim do mundo, notei que era um bom lugar para se viver.

Comecei a pensar nas qualidades de Carter e no seu jeito, quando algo me trouxe novamente à realidade. Era uma mensagem dele!

– Oi, Susana.

Não consegui acreditar muito, mas me forcei a conseguir responder em vez de ficar só surpresa.

– Oi, Carter, pensei que não queria mais falar comigo...

– As coisas mudam, Susana. Eu gosto de falar com você.

– Fico feliz em ouvir isso. E então... Como vão as coisas?

Eu estava tão feliz, que não conseguia parar de sorrir. E mesmo sabendo que não seria bom vê-lo em Campos do Jordão, eu queria muito contar a ele o que descobri, mesmo sabendo que isso o faria querer ajudar.

— Tudo bem, e por aí?
— Melhorando... Tenho novidades sobre o passado do Blue Jeans.
— Descobriu quem fez aquilo?
— Tenho o suspeito mais provável, mas preciso confirmar.
— Onde ele mora?
— Na sua cidade. Vou com a Rose confirmar as suspeitas.
— Vou ajudar.
— Não precisa.
— Deixe-me ajudar, Susana. Somos amigos, não somos?
— Está bem, Carter. Assim que eu sair daqui, te aviso.
— Ótimo.

Sabia que, para mim, não seria muito bom ver Carter. Mas quando ele me perguntou se éramos amigos, eu sabia que não poderia perdê-lo novamente. Tê-lo em minha vida como amigo era melhor do que não tê-lo. Quando Carter não falava comigo era como se faltasse algo no meu dia. Por mais que eu o amasse, ter ele apenas como amigo já me deixava feliz.

Então comecei a pensar. Só podiam ser forças do destino para nos vermos novamente, pois quais seriam as chances de, no momento em que eu fosse voltar para Campos do Jordão resolver as coisas do Blue Jeans, Carter voltar a falar comigo no mesmo dia, depois de tudo o que aconteceu? Não fazia muito sentido aquilo, só podia ser força do destino.

Estava escuro e a noite um pouco estrelada. Pude ouvir o barulho de corujas saindo para suas vidas noturnas. Jaguatiricas passeavam pela mata. Observando as estrelas pude ver uma estrela cadente e, naquele momento, desejei que Carter me amasse da mesma forma que o amo, se isso o fizesse feliz.

Depois disso percebi que eu não queria mais que ele ficasse comigo. O que eu realmente queria era que ele fosse feliz. É claro que doeria muito não tê-lo ao meu lado ou vê-lo com outra pessoa, mas, se isso o fizesse feliz, era o meu desejo. Percebi então que o amor verdadeiro não se trata apenas de ser feliz ao lado da pessoa amada, mas envolve fazer o possível para que a outra pessoa seja feliz, mesmo que isso custe a sua própria felicidade. Muitas vezes as pessoas são egoístas sem perceberem, não porque são pessoas ruins, mas porque amam tanto alguém a ponto de pensarem que eles têm alguma propriedade sobre a pessoa.

Ninguém pertence a ninguém. Apenas por meio do amor as pessoas permitem compartilhar suas vidas com uma pessoa e não desejam ter mais ninguém ao lado delas.

Esse era meu desejo: ter Carter Mason para sempre ao meu lado, mas apenas se ele também desejasse isso do fundo do coração. Sei que com o tempo eu ficaria feliz se ele estivesse feliz.

Naquele local, deitada em um tronco de árvore caído, olhando para o céu, percebi que há vários tipos de amor.

Alguns se parecem com a relação entre o céu e o mar, que, infelizmente, estão separados pela distância. Outros são como estrelas e brilham de tanta paixão. E raros são aqueles como o sol e a lua, que, apesar de pertencerem a mundos completamente diferentes e mesmo parecendo algo impossível, em raras ocasiões se encontram, e nesses encontros criam algo único, verdadeiro e que durará para sempre, mesmo vivendo separados em mundos diferentes.

Carter e eu tínhamos essa relação. Parecia um amor impossível, mundos completamente diferentes, porém o destino fez com que, naquela noite de 18 de novembro, nossos caminhos se cruzassem.

Por mais que estivéssemos separados, eu estava certa de que um dia voltaríamos a nos encontrar e seria no momento certo, porque depois disso não haveria mais separação ou distância.

❧

Notei que já passavam das vinte e duas horas. Olhei no meu celular e tinha várias ligações perdidas. No mesmo momento em que levantei para ir embora, senti como se algo me pedisse para ficar. Era meu coração, pedindo para não deixar aquele momento de lembranças, paz e reflexão.

Cheguei em casa e meus pais, como sempre, não notaram minha presença. Já a Rose...

– Amiga! Ainda bem que você chegou! Por onde andou? Estava muito preocupada com você.

– Relaxa, Ro, eu só estava cavalgando.

– Você viu que horas são?

– Sim, acabei perdendo a noção do tempo...

– Estava pensando no Carter?

– Sim, ele quer ajudar quando formos atrás do cara que machucou o Blue Jeans.

– Só estava pensando nisso?

– Não... Acabei achando um local lindo, deitei num tronco e fiquei olhando as estrelas.

– Você não o tira da cabeça.

– Não tem como, amiga.

– Acha mesmo que vai ser bom ele ajudar?

– Não sei, mas prefiro tê-lo na minha vida como amigo do que não tê-lo.

– Se você prefere assim, sabe que vou te apoiar.

– Obrigada, Rose.

– Bom, enquanto você estava lá pensando no seu amado, eu já arrumei tudo para irmos a Campos do Jordão no fim de semana. Temos até um álibi.

– Gente, não tem como, olha que menina eficiente. Não sei o que eu faria sem você.

– Para de rir, vai. Deixe-me contar meu plano.

༄

Tudo estava pronto, agora era só esperar chegar o dia. Conforme os dias iam passando eu ficava cada vez mais ansiosa. Muitas perguntas estavam na minha cabeça, quase todas em relação a Carter.

Tentei focar minha mente na história do Blue Jeans, porém, era difícil. Quase tudo me lembrava de Carter. Finalmente, depois do que pareceu uma eternidade, chegou o dia e a hora de partirmos.

9
Acerto de contas

Falamos para meus pais que dormiríamos na casa de uma amiga no fim de semana, apesar de não prestarem atenção ao que falamos. O importante é que tinham concordado. Sexta-feira pela manhã nós pegamos o ônibus até Sorocaba e lá pegamos outro ônibus para o nosso destino. Foram mais ou menos quatro horas de viagem devido ao trânsito.

Durante o percurso, enquanto a Rose dormia, fiquei o tempo inteiro pensando em Carter. Queria tanto vê-lo novamente, queria que ele me amasse novamente, queria tê-lo ao meu lado. Carter não saía da minha mente nem por um segundo.

Eu me arrependo tanto de ter confiado na pessoa errada. Não se pode voltar no tempo e desfazer os ocorridos. Todas as lembranças passavam pela minha mente como se fosse um filme.

No momento em que eu o conheci, foi como se nada mais importasse, eu me senti no paraíso. Cada momento que passamos juntos, quando vimos o pôr do sol, a vez em que a Flicka me deu um coice, nosso primeiro beijo, o primeiro encontro, a fuga, a primeira vez que o vi pela janela do prédio. Não aguentei, comecei a chorar. Rose me abraçou no mesmo instante. Chorei feito criança. Aqueles momentos maravilhosos haviam passado e eu não sabia se existiriam novos.

Faltava pouco para chegarmos, e comecei a me recompor; para tirar Carter da cabeça, concentrei-me no caso do Blue Jeans. Assim que chegássemos à rodoviária, iríamos até a casa de Eduardo Silva, antigo dono do Blue Jeans.

— Amiga, você está pronta para aguentar isso?

— Como assim, Rose?

— Eu me refiro ao Carter. Ele vai nos encontrar na rodoviária. Não vai ser muito para você aguentar?

— É pelo Blue Jeans. Eu vou conseguir.

— Tem certeza?

— Não, mas vou dar um jeito.

❧

Descemos do ônibus e a primeira coisa que vi foi Carter Mason ali parado, em pé, sorrindo assim que me viu. Aquele sorriso... Foi como ver o sol depois da tempestade.

A minha vontade era sair correndo e abraçá-lo, dizer o quanto sentia muito e o quanto eu o amava, mas, em vez disso, lutei para segurar as lágrimas, evitei olhar para ele e fiquei quieta.

— Susana! Rose! Quanto tempo! Como foi a viagem?

— Oi, Carter, fizemos uma boa viagem.

– Eu já sei o caminho para a casa do Eduardo. Venham, deixem suas coisas em casa e vamos direto para lá.

– Certo. Obrigado pela ajuda, Carter.

– Imagina, Rose, sabe que eu gosto muito do Blue Jeans. Quando Susana e eu o encontramos foi...

Ele percebeu que eu fiz um grande esforço para não chorar, então parou no meio da frase.

– Susana, você está bem?

– Sim...

– É que você está quieta e geralmente você fala como uma matraca.

– Só estou me concentrando no caso do Blue Jeans.

– Só nisso?

– Sim...

– Então vem aqui.

Ele me puxou e me abraçou forte. Eu me senti segura e feliz. Abracei-o forte também, mas no momento em que ele sussurrou as palavras – Eu ainda amo você –, não aguentei, abracei-o mais forte ainda e chorei. Ele me apertou e me deu um beijo na testa. Depois disso, eu me acalmei.

Enquanto íamos para a casa de Eduardo Silva, Carter e eu conversamos bastante sobre o Blue Jeans. Falei de todas as informações que meu detetive me passou e ele achou um absurdo o que aquele cara fazia, e concordou que deveríamos investigar e confirmar antes de fazer alguma coisa.

Assim que chegamos à casa do homem, montamos um esconderijo que tinha vista para o redondel e para o estábulo. Ali estavam três cavalos: dois da raça mangalarga, de cores preto e castanho, e o outro era branco, da raça árabe. Todos estavam fracos e muito magros.

Fiquei com tanta raiva ao ver aqueles animais magníficos em um estado tão deplorável que, na mesma hora, deu-me uma vontade imensa de ir até lá e dar uma lição naquele homem. Estávamos esperando fazia horas, mas nada de ele aparecer. Quando começou a escurecer, Carter disse:

– Su, vamos para minha casa e voltamos amanhã. Vocês duas precisam descansar.

– De jeito nenhum. Nem que eu fique aqui a noite toda, eu vou pegar esse cara.

– Su, por favor, vamos.

– Espere! Olhe!

Avistei Eduardo Silva. Ele estava levando o cavalo árabe para o redondel. Ficamos atentos. O pobre animal nem tinha forças para andar, e, quando ele parou para descansar por um curto período de tempo, aquele homem cruel começou a chicotear o animal.

Saí correndo quando vi aquela cena. Carter e Rose não puderam me segurar. Estava com sangue nos olhos de tanta raiva. Eu iria matar aquele homem. Os dois foram correndo atrás de mim. Não pensei no que estava fazendo, a única coisa que passava pela minha cabeça era fazer aquele homem pagar pelo que estava fazendo.

– Pare com isso agora, seu monstro!

No momento em que ele ia dar outra chicotada no animal, corri o mais rápido que pude e consegui entrar na frente. O chicote era todo de couro e continha cinco pontas com ossos quebrados em cada uma delas. Ele me acertou na cintura e quando puxou senti o sangue escorrer. A dor era intensa. Ele ficou irritado quando me viu.

– Vá embora daqui, menina! Não terei dó de usar esse chicote em você novamente.

– Não deixarei que machuque mais este cavalo.

– A escolha é sua.

Eu me recusei a sair de lá e acabei levando outra chicotada. Ele atingiu minhas costas, e dessa vez pude sentir os ossos perfurando e rasgando minha pele. Carter chegou e o derrubou. Os dois começaram a lutar. Eu estava ajoelhada, com muita dor. Rose me ajudou a levantar. Carter havia dominado Eduardo e o amarrou, o rosto dele estava bem machucado. Quando fui andar na direção daquele monstro, Rose me impediu.

– Rose, me solte! Vou pegar aquele chicote e fazer aquele maldito passar pelo que esses animais indefesos passaram!

– Susana, pare! Você está muito machucada, precisa de um médico.

– Escute Carter, Su. Vamos para o hospital.

– Não! Ele tem que pagar pelo que fez!

Eduardo conseguiu se soltar sem que percebêssemos e, no momento em que eu me virei, ele me atingiu na barriga com uma arma de choque.

– Eu nunca vou parar.

Depois que ele disse isso, tudo ficou escuro.

୭

Quando acordei, estava deitada em uma cama, tomando soro num quarto de hospital. Carter estava ao meu lado, segurando minha mão, e sorriu quando eu abri os olhos. Um policial ambiental conversava com o médico. A última coisa que conseguia me lembrar era de que eu estava correndo para impedir aquele monstro. Eu me sentia zonza, mas estava lúcida.

— O que aconteceu, Carter? Cadê os cavalos? Onde está aquele homem desgraçado?

— Calma, Su, eu vou te explicar tudo. Vai ficar tudo bem, mas você precisa descansar. Você perdeu muito sangue.

— Como posso descansar se não sei o que aconteceu com os cavalos?

O policial percebeu que eu estava acordada e veio falar comigo.

— Que bom que acordou. Como está se sentindo, Susana?

— Estou um pouco zonza. Alguém pode me dizer o que aconteceu?

— Su, este é meu pai, Marcio Mason. Ele é policial ambiental.

— Por favor, me explique tudo, senhor Mason.

— Bom, Susana, Eduardo Silva é um ex-policial que morava em Curitiba e foi afastado do cargo, por isso ele se mudou para cá.

— Por essa razão ele estava sob a posse daquela arma de choque que ele usou em você, Su.

— Exatamente. Eduardo tem prazer em machucar animais. Depois que ele te chicoteou e estava amarrado, Carter me ligou. Quando cheguei, você estava desmaiada e toda ensanguentada, no colo da sua amiga. Carter estava chicoteando Eduardo. Ele agora está preso e estamos tentando descobrir o que mais ele fez.

— Você o chicoteou, Carter?

— Sim, Su, eu sei que você queria fazer isso para que ele sentisse o que os cavalos sentiram.

— Obrigada, Carter. Mas e os cavalos? Onde estão? E onde está a Rose?

— Os cavalos foram levados para um abrigo e estão sob os cuidados de um excelente veterinário. Sua amiga está com minha esposa em casa. Ela também precisa descansar.

– O que vai acontecer com Eduardo?

– Ele será julgado.

– Ele tem que sofrer.

– Eu sei a raiva que você está sentindo, Susana. Mas pode ter certeza que, pelo crime que cometeu, ele terá uma punição justa.

– Espero que sim.

– Você foi muito corajosa, Susana. Sabe que poderia ter morrido?

– Eu não podia deixar aquele cavalo sofrer mais.

– Bom, vou resolver algumas coisas. Mais tarde volto para ver como você está.

– Até mais, senhor Mason.

– Por favor, me chame de Márcio.

– Está bem. Até mais Seu Márcio.

❧

Deitada naquela cama de hospital eu comecei a pensar em tudo o que tinha ocorrido. Não era vingança que eu queria. Eu não tinha vindo de tão longe e levado chicotada para deixar apenas a Justiça aplicar a punição. Minha intenção era que aquele homem sofresse muito, para que ele pudesse sentir na pele tudo o que todos os cavalos que ele maltratou sentiram.

Logo uma enfermeira entrou no quarto para retirar meu soro.

– Oi. Como está se sentindo, Susana?

– Estou bem, só um pouco dolorida.

– Isso é normal. Em alguns dias passará.

– Quando vou poder sair?

– Logo depois do almoço, assim que o médico vier vê-la.

— Que bom.

— Você teve muita sorte, Susana. Se aqueles ossos atingissem uma veia ou estivessem contaminados, você poderia estar morta. Agora descanse. Logo o doutor virá e você poderá ir para casa.

— Obrigada.

Acabei caindo no sono e sonhei com minha filha. Vi-me na varanda, fazendo-a dormir. Carter chegou e se sentou ao meu lado, beijou-me e ficamos ali, observando o pôr do sol enquanto ela dormia em meus braços.

Fazia tempo que eu não pensava nisso. Era difícil e doloroso, então deixei no passado. Senti meu rosto molhado, mas não queria abrir os olhos. Foi quando escutei a voz dele.

— Su, acorde. Está tudo bem, estou aqui com você.

Carter me abraçou quando abri os olhos.

— Você estava chorando. Teve um pesadelo?

— Não, foi mais uma lembrança de algo que não ocorreu.

— O que foi?

— Eu sonhei com nossa filha...

Carter percebeu que eu começaria a chorar então me abraçou.

— Está tudo bem, Su. Estou aqui com você, não pense nisso.

Ele me abraçou mais forte e me deu um beijo na testa. Naquele momento me senti segura, mas sabia que éramos apenas amigos. Depois que me acalmei, o doutor Jorge entrou no quarto para me dar alta.

— Olá, Susana! Como se sente?

— Estou bem, só um pouco dolorida.

— Isso é normal. Você ficará assim nos próximos dias.

— Vou poder ir embora?

– Vai sim. Seu relatório mostrou grande melhora, mas você terá que tomar cuidado. Os ferimentos vão doer e arder, então passe a pomada regularmente.
– Está bem.
– Bom, isso é tudo, pode ir.
– Obrigada, doutor.

10
Uma esperança

Assim que saí do hospital sábado à tarde, Carter fez questão de que eu fosse para a casa dele. Eu não sabia como reagir, mas de tanto ele insistir, acabei aceitando. Carter sabia que eu gostava de estar perto da natureza para respirar ar puro e me levou até o jardim. Ele me abraçou, estava começando a escurecer e havia algumas estrelas no céu.

Era o final da primavera e a noite estava um pouco fria. Sentamos em um banco e começamos a conversar.

– Vai, me conte. Como estão as coisas? Aposto que tem várias garotas atrás de você.

– Engraçadinha.

– Sério, Carter, você não parece muito alegre. Me conta.

– Está bem, mas não vá ficar com ciúme.

– Convencido.

– Eu conheci uma garota há um tempo, em um casamento. Ela é bem legal e curte as mesmas coisas que eu. Nós ficamos algumas vezes, mas agora ela não fala mais comigo.

É claro que eu fiquei morrendo de ciúme, mas eu não iria demonstrar.

– Bom, ela é uma tonta, porque não sabe o que está perdendo. Logo você vai encontrar uma garota que saiba te dar valor.

– Sem cantadas, Susana.

– Haha, convencido.

Ficamos ali, observando as estrelas por mais um tempo; quando nós entramos, eu fui ler um pouco. Rose estava brincando com o irmão mais novo do Carter. Enquanto eu lia, lembrei-me do meu desejo de escrever um romance. Eu tinha esse desejo há muito tempo, porém, só consegui saber por onde começar a história quando conheci Carter. Ele despertou em mim uma inspiração muito forte.

Acabei me envolvendo tanto no livro e nas minhas ideias, que nem vi a hora passar; foi quando Carter veio falar comigo.

– Nem fala mais comigo, Susana. Tá igual a Mirela.

– Carter, você não estava jogando? E, por favor, não me compare a ela.

– Sim, mas parei agora.

– Então eu parei de ler agora. Você sabe que amo conversar com você.

– Ah, nada justifica. Já era.

– Já era o que, Carter?

– Tudo.

– Tudo o quê?

– Esquece, Susana, esquece.

– Você sabe que pode me contar qualquer coisa.

– Sim, mas você está igual a ela, e pra mim isso basta.

– Me deixa ver se entendi... Estou igual a ela porque não falei com você enquanto você estava jogando?

– Você já foi mais carinhosa, sabia? Agora está igual a todas.

– Juro que não te entendo. Se eu sou carinhosa, estou dando em cima de você; e se não sou, eu sou seca. Eu, hein.

– Relaxa, apenas estou zoando você.

– Você é muito bobo, sabia?

Ele sorriu e piscou. Aquele sorriso encantador me levava para outro mundo. Fomos assistir a um filme depois disso.

– Por que não fala nada, Susana?

– Não sei o que falar. Eu estou sem assunto.

– Isso não é motivo para não falar todo esse tempo. Você já foi melhor.

– Você sente falta, Carter?

– Do quê?

– De mim, de nós...

– Talvez.

– Eu sinto sua falta...

☙

Depois que tomei um banho, Carter, Rose e eu fomos jogar um jogo de tiro que eu não lembro o nome. Morri várias vezes e nos divertimos muito. No final da noite, Rose foi com Pedro e o senhor Mason buscar sua esposa, dona Edimara. Carter e eu ficamos na sala vendo uma série. Ele ficou tão carinhoso e tão atencioso... ficava me abraçando e me encheu de beijos. Eu não consegui entender por que ele estava agindo daquela forma, já que nós tínhamos terminado. Ele estava me deixando muito confusa, então falei:

– O que está havendo, Carter?
– Como assim, Susana?
– Por que você está tão carinhoso e atencioso?
– Eu ainda amo você, Susana. Quando a vi toda frágil e machucada percebi que você ainda é meu amorzinho e precisa de mim. Quero te dar todo o meu amor e carinho e cuidar de você.
– Então está dizendo que nós voltamos?
– Você promete que não vai me magoar novamente?
– Sim, claro, eu prometo. Jamais farei isso novamente.
– Está bem, Susana, podemos tentar uma última vez.

Carter não fazia ideia do quanto eu estava feliz. Senti como se centenas de borboletas estivessem voando ao meu redor e colorindo todo o ambiente. Senti como se meu coração revivesse. Eu tinha uma razão para ser alguém melhor e essa razão era Carter.

– É uma pena que tenho que ir embora.
– Sim, mas logo nos veremos novamente.

Infelizmente, morávamos longe um do outro. Quando se ama, a distância machuca muito. Você quer ter a pessoa sempre ao seu lado, deseja poder dar amor, carinho e atenção. Mas não poder porque se está longe dói muito. E apenas um sentimento muito forte passa por tudo isso, mesmo que acabem se separando por algum tempo.

Domingo de manhã acordei antes de todos e fui até a calçada. Confesso que tive medo, pois não queria que ele me deixasse novamente. Não deixei que Carter soubesse desse medo e fiz de tudo para não pensar se isso poderia acontecer.

Carter chegou e me abraçou delicadamente pelas costas, beijou-me e perguntou:

— O que está fazendo aqui, Su?
— Só vim sentir o início da manhã.
— Está tudo bem mesmo?
— Está sim.
— Ok. Venha, vamos entrar.

Tomamos café todos juntos. Infelizmente, logo chegou a hora de irmos embora. Estávamos caminhando pelo bosque antes de irmos para a rodoviária, então meu emocional me dominou, saí correndo e subi em uma árvore, e lá em cima comecei a chorar. Carter subiu atrás de mim.

— Fique calma, Susana, vai ficar tudo bem.
— Não, não vai. Não quero ir embora, não quero te perder novamente.
— Você não vai me perder.
— Como sabe?
— Eu sei e garanto isso a você.

Ele me abraçou forte e me beijou. Ficamos um pouco ali, sem falar nada, abraçados, apenas observando o horizonte. Logo chegou a hora de irmos. Rose e eu nos despedimos de todos, então Carter me abraçou e falou:

— Vai passar rápido, Su. Nas férias de verão ficaremos juntos novamente.
— São mais de dois meses até lá e você sabe que meus pais não aceitam.
— E você tem dado importância? Susana, você tem se mostrado cada vez mais confiante.
— Isso porque você me ajudou. Quando fugimos para Veneza, você me ensinou a acreditar em mim, a lutar pelo que acredito e pelo que quero.

– Foi exatamente o que você fez neste fim de semana. Desafiou seus pais, porque se eles descobrirem você terá um grande problema. Pegou um ônibus com sua melhor amiga e veio até aqui para defender animais inocentes. Susana, você pode fazer qualquer coisa. É só acreditar em si mesma.

– Sim, acredito que hoje estou mais confiante de quem sou.

– Fico muito feliz em ouvir isso.

– Vai mesmo ficar comigo nas férias, Carter?

– Claro, Su, talvez mais rápido do que você imagina.

Aquelas palavras me alegraram completamente. Perdi-me em seu olhar por um momento. Carter passou a mão pelo meu rosto e me beijou. Um beijo terno, doce e lento.

Quando me olhou novamente, meus olhos estavam cheios de lágrimas. Eu não queria ir, não queria me separar dele. Entrei no ônibus e desabei em prantos na poltrona.

11
Tempos de calma

Sentada na janela vendo o rapaz que amo cada vez mais distante era muito doloroso, quase insuportável. Peguei meu caderno na bolsa e comecei a escrever um poema.

Meu Amor

O sol se foi,
Uma tempestade se formou,
Ainda bem que passou.
O céu cinza ficou negro,
Noites assim às vezes me dão medo.

Estou só fisicamente,
Mas sei perfeitamente
Que estou em sua mente.
Meu coração bate forte
Nesta noite sem luar,
Meu desejo é te amar.

Tudo escuro, tudo sombrio.
Ouço tudo, vejo tudo.
Uma luz se abriu,
A estrela mais brilhante
É tão reconfortante.

Meu namorado, amigo e companheiro.
Meu luzeiro na escuridão,
Esse amor tem maior valor,
Que todo o universo em sua imensidão.

Eternamente o mundo saberá
Quem sempre eu vou amar,
Carter, meu amor.
Minha luz, meu diamante de maior valor.
Seu sorriso tem uma luz,
Que reluz
Com um brilho encantador.

Esse poema refletia exatamente o que eu estava sentindo, a escuridão refletia a tristeza que eu estava sentindo por ter que deixar Carter novamente, mas a luz refletia a nova paz e esperança que eu estava sentindo.

Carter conversava comigo por mensagem durante a viagem, e eu não conseguia pensar em mais nada, a não ser quando o veria novamente. Com toda aquela confusão do fim de semana, esqueci-me de que eu tinha uma competição de hipismo no próximo fim de semana.

Além de precisar treinar bastante para que tudo saísse perfeito, lembrei que teria semana de prova. Olhando a paisagem, comecei a me concentrar na competição, foquei principalmente na apresentação final, depois das provas, que era o mais importante e do que eu mais gostava.

Comecei a planejar os horários em que era melhor treinar e estudar, incluí treinos extras por precaução. Depois de uma longa viagem, finalmente chegamos em casa. Demoramos um pouco mais para chegar porque paramos para comer. Ao entrarmos, como sempre, meus pais estavam na sala, concentrados demais no trabalho para notar nossa presença. Era triste chegar na minha casa, não havia nenhum ânimo. As coisas eram todas tão frias e vazias, não tinham muito sentido; no entanto, desta vez, estava diferente, pois por mais que continuasse o mesmo ambiente e a mesma situação, cheguei em casa feliz porque estava com Carter novamente.

Resolvi estudar um pouco para as provas, o que era raro, porque eu não tinha o hábito de estudar, principalmente matemática. Logo depois fui cavalgar. Passar horas com um cavalo é a melhor sensação do mundo e me faz esquecer de tudo o que me deixa triste ou chateada.

Estava escuro, sentei-me em uma pedra para apreciar a noite, que estava fresca e estrelada. Naquele silêncio pude ouvir alguns animais. Flicka pastava ao meu lado, havia corujas em alguma árvore próxima e alguns esquilos comendo nozes.

Observando as estrelas, lembrei-me da noite em que conheci Carter, então percebi que nunca tinha visto uma noite tão estrelada quanto em 18 de novembro de 2012. Naquela noite parecia que só existiam coisas boas e que todos os meus desejos e sonhos eram capazes de se realizar.

Percebi que nós dois nos conhecemos de uma maneira totalmente improvável. Qual era a possibilidade de, em uma noite, pela janela do apartamento em Ubatuba, nós nos conhecermos, surgir um sentimento, perdermos contato, vivermos algo maravilhoso mesmo que por pouco tempo, distanciarmo-nos e agora estarmos juntos novamente?

Nunca ouvi falar em nada parecido. As chances de isso acontecer novamente são de uma em um milhão. Comecei a sorrir ao pensar nisso. Não acredito que foi por acaso que nos conhecemos há um ano. É incrível! Algumas coisas que parecem impossíveis às vezes acabam acontecendo, criando algo maravilhoso e mudando para sempre nossa vida.

Carter foi minha estrela cadente naquela noite especial. Ele foi muito mais que um sonho a se tornar realidade. Ele é minha estrela guia, o dono do meu coração, o motivo pelo qual eu sorrio e pelo qual eu desejo viver.

Quando voltei já era muito tarde e todos já estavam dormindo. Passava das três da manhã, eu tinha perdido totalmente a noção da hora. Amo estar perto da natureza, observando cada detalhe magnífico. Isso me faz perder a noção das coisas a minha volta e posso me concentrar completamente em meus pensamentos e reflexões. Em minha opinião, estar junto da natureza é a melhor forma de esvaziar a mente.

Ao acordar na manhã seguinte, eu estava com a mente totalmente limpa e relaxada, mas não pude dizer o mesmo do meu corpo. Estava exausta por cavalgar, dormir tarde e estava dolorida por causa dos meus ferimentos; foi um sacrifício para levantar.

Mesmo quando consigo esvaziar a mente, Carter de alguma forma vem na minha memória. Naquela manhã, lembrei-me da vez em que ele me deu aquele lindo buquê de lírios e comecei a sorrir. Pude fazer a prova com a mente tranquila e me concentrei. Ao terminar, tive um tempo vago antes do treino e fui ler.

Amo ler desde o oitavo ano e sempre que tenho tempo leio. Já li vários romances e outros gêneros, mas, naquela manhã, um romance em especial me fez ver como amo criar histórias e escrever, então eu soube que tipo de história eu escreveria e soube por onde começar meu livro. Comecei a escrever um romance baseado na minha história com Carter.

❧

A semana passou muito rápido, eu treinava cada vez mais e as provas já estavam acabando. Sexta-feira à tarde o treino foi mais puxado, visto que a competição estava chegando. O dia estava nublado e a pista, escorregadia. O tom claro de um dia nublado irritava meus olhos. Minha treinadora me aconselhou a parar e descansar, mas eu ainda não estava satisfeita com o treino.

Antes de ir para o próximo salto, senti que estava sendo observada por alguém diferente e eu estava certa. Cometi um erro durante o salto e a Flicka não aterrissou da forma correta; como consequência, eu perdi o equilíbrio e caí com força no chão.

A dor era forte, mas não quebrei nada, apenas parecia que tive uma torção no pulso. Vi alguém correndo na minha direção, logo eu reconheci quem era. Era Carter. Não sabia por que ele estava aqui, pois ele tinha me falado que tinha compromisso no fim de semana, mas fiquei muito feliz em vê-lo. Senti uma dor forte e meu pulso esquerdo começou a inchar.

– Susana! Calma, vou te levar para o hospital.
– Não precisa, estou bem.
– Não seja teimosa.
– Mas...
– Sem protestos.
– Não vai adiantar, não é?
– Exatamente.

ॐ

Depois de ir contra a minha vontade para o hospital, descobri que havia rompido um ligamento do pulso e que ele teria que ficar enfaixado e imóvel por seis semanas.

– Seis semanas?! Eu tenho uma competição amanhã!
– Você não vai competir.
– Treinadora, me ajude, você sabe o quanto esperei por isso.
– Susana, o doutor é quem manda e sua saúde vem em primeiro lugar. Terá outras competições.
– Ouçam o que digo. Susana Lima nunca perdeu uma competição e não é por isso que vou perder. Eu vou competir e nada vai me impedir.

Eles tentaram de todo modo tirar isso da minha cabeça, mas foi um esforço inútil. Carter me implorou e também não conseguiu.

Na manhã seguinte, mesmo com o pulso doendo, fui para a competição. Até os jurados tentaram me fazer desistir de competir.

— Susana, sabe que nós teremos que avaliá-la da mesma maneira rigorosa que avaliamos todos os competidores.

— Sei e quero que me avaliem assim. Eu só rompi um ligamento. Isso não diminui ou atrapalha minha capacidade.

— Você não vai desistir, não é?

— Exatamente.

— Está bem. Boa sorte.

Eu aguardava ansiosa pela minha vez na competição. Carter estava ao meu lado, segurando minha mão. No momento em que me chamaram, ele me ajudou a montar na Flicka. Meu coração disparou. Meu pulso estava muito dolorido e não consegui apoiá-lo em nada; logo deram o sinal para eu começar.

A primeira prova era salto. Flicka começou a galopar e guiá-la com uma mão era difícil. Travei minhas pernas para não perder o equilíbrio. Fiz todo o possível para manter a postura, pois isso contava muito. No primeiro salto, perdi um pouco o equilíbrio, mas consegui. Os saltos seguintes foram perfeitos. O último salto era o mais difícil, eu precisava que a Flicka atingisse o máximo de velocidade possível. No momento em que ela saltou, minha perna escapou e fui caindo para o lado. Antes que eu me separasse completamente dela, com meu pulso machucado e um grande esforço, agarrei a sela e voltei à postura correta no momento em que ela aterrissou.

As notas da primeira prova foram muito boas, mesmo com o meu desequilíbrio. No entanto, para meu pulso, aquilo não foi nada bom. Acabei rompendo outro ligamento e foi preciso colocar um gesso. Mesmo com o gesso, participei de todas as provas. Eu estava descansando quando anunciaram que eu era a vencedora.

Carter me ajudou a montar e fui até a pista principal. Foi um dia incrível.

❧

– Você foi cabeça-dura, hein, Su.
– Ah, Carter, eu não ia deixar um simples acidente acabar com minhas chances de vencer.
– É, né, mas agora vai ficar engessado por seis semanas o pulso. Você não cansa de se machucar, não?
– Acidentes acontecem.
– É, mas mesmo assim você venceu. Parabéns.
– Venci porque você estava lá comigo.
– Não seja modesta. Você é incrível cavalgando, até com o pulso machucado.
– Ah, eu sempre amei cavalgar, né?
– Você é incrível, Susana Lima.
– E você é perfeito, Carter Mason. Eu te amo.
– Também te amo.

Adormeci deitada com a cabeça no colo dele, enquanto observávamos as estrelas. Aquele fim de semana foi incrível, mas eu não fazia ideia do que aconteceria depois.

❧

Duas semanas depois, algumas coisas começaram a mudar. Carter estava cada vez mais ausente, mas, para não me preocupar, coloquei na cabeça que, no caso dele, isso era normal.

Comecei a ficar insegura, mas não deixei que ele soubesse. Logo Carter começou a dar desculpas e já não falava muito comigo. Eu cismei em descobrir o que estava acontecendo, pedi ajuda para Rose e pensamos em criar uma garota falsa para dar em cima de Carter.

Pegamos a foto de uma garota loira de olhos azuis e criamos um perfil falso em uma rede social com o nome de Bruna Santos. Logo Carter começou a conversar com ela. No momento em que mandamos uma mensagem como se fosse ela, ele respondeu.

– Oi, obrigada por me aceitar.
– De nada. De onde nos conhecemos?
– Não nos conhecemos, mas vi seu perfil e eu gostaria de te conhecer.
– Ah, sim.
– Você é de onde?
– Campos do Jordão, e você?
– São Paulo.
– Você é muito bonita.
– Obrigada, você também.
– Me passa o número do seu celular?

Nessa hora eu tive que pensar em algo rapidamente para não passar o número.

– Na verdade, eu estou sem celular no momento. Meu ex-namorado teve um surto e o quebrou. Tenho que comprar outro, mas assim que eu comprar eu te passo.
– Ah sim, nossa.
– Pois é.

No começo a conversa estava normal, nenhum indício de que ele daria em cima dela. Precisei inventar um monte de coisas para que ele não desconfiasse de nada. Certa hora, fiquei sem paciência e fiz uma pergunta direta.

— Você tem namorada?
— Não.
— Bom, então poderíamos nos conhecer qualquer dia?
— Claro.
— Legal! Vou sair aqui, até mais.
— Até.

Essa resposta me encheu de dor e lágrimas, unidos a ódio e raiva. Eu jurei que não falaria nada e que ficaria com ele para ver até onde iria o cara de pau.

Carter não tinha falado comigo o dia todo, então mandei uma mensagem:

— Amor...
— Oi, meu celular está com problema. Falo com você quando eu arrumar, ok?
— Ok.

Aquilo foi a gota d'água. Não aguentei, e depois de uns vinte minutos, mandei outra mensagem.

— Bom saber que você não tem namorada, Carter. Quer saber, cuidei tanto para não te magoar, cuidei para você ver como o amo e no final não valeu de nada, quem me magoou foi você. Eu era a Bruna. Não acredito que você dá em cima da primeira loira bonita que aparece.

Para quem estava com o celular com problema, ele respondeu na hora, e isso me deu mais raiva ainda.

— Falei aquilo porque sabia que era você. Meu Deus, você está doente e obsessiva por mim.

Essa atitude convencida me irritou tanto que resolvi não perder meu tempo respondendo. Doente e obsessiva... Aquelas palavras ficaram gravadas na minha mente.

Logo a raiva passou e desabei em prantos no sofá. Eu fazia tudo que podia para vê-lo feliz, para que ele sentisse que eu estava sempre ao lado dele. Certa vez, Carter estava chateado por não poder me ver sempre e para alegrá-lo eu escrevi no chão "Eu Te Amo" com pétalas de rosas e tirei uma foto comigo ao lado. Ele ficou sem palavras, amou o que fiz, e agora vem me chamar de doente e obsessiva?! Isso me machucou muito.

Senti uma mágoa muito grande, foi como se meu coração se quebrasse em mil pedaços. Com o rosto fundo na almofada eu não parava de chorar e, aos poucos, fui perdendo a energia e a noção; caí em um sono vazio e profundo.

12
Mágoa e tristeza

Naquela noite sonhei com abismo, escuridão e objetos cortantes. O sonho refletiu perfeitamente como eu estava me sentindo. Triste era pouco para descrever meu estado emocional. Eu não tinha vontade de sorrir nem de fazer nada.

Muitos podem dizer que é bobagem chorar e ficar mal por causa de um garoto, e realmente é bobagem, mas entendia por que toda vez que Carter me deixava eu caía em uma tristeza profunda.

Carter, de algum modo, foi capaz de quebrar todas as barreiras que protegiam meu coração. Conforme fui conhecendo sua personalidade, acabei deixando que o sentimento que foi despertado quando o conheci se desenvolvesse. O que eu não esperava é que esse sentimento se tornasse muito mais forte do que eu.

Quando começamos a namorar, ele fazia com que eu me sentisse segura e confiante. Somos muito diferentes, ele não entende minha paixão pela natureza e eu não entendo por que ele gosta tanto de jogos on-line. Ele sempre gostou de sair para festas e beber, já eu sempre gostei de cavalgar e ler, mas foram essas diferenças que fizeram com que eu me apaixonasse de uma maneira tão intensa por ele.

Quando fugimos, eu me conectei ainda mais a ele. Percebi então que eu não estava apaixonada, eu estava amando Carter Mason. Ao lado dele me sinto completamente bem, sinto-me feliz, ele desperta o melhor em mim.

Ao terminarmos, não senti apenas que perdi alguém que amo, mas senti que parte de mim morreu. Sei que muitos podem pensar e dizer que isso é ridículo e que não se deve viver por alguém. E realmente viver por uma pessoa é burrice.

Eu não vivo por Carter Mason, vivo por mim mesma, no entanto, quando amamos, é natural ficarmos tristes com a separação. E quando amamos tão intensamente como amo Carter, você se sente sem chão quando a pessoa pela qual você tinha mais vontade ainda de sorrir, de melhorar, de ser o melhor que você pode ser, vai embora.

E seu mundo parece desabar, mas, por mais que você fique triste, chore muito e até fique depressiva como eu fiquei, o tempo sempre cura tudo, e isso vai passar. Quando se ama tão intensamente, a dor da perda pode se comparar à dor da morte; quando alguém que você ama morre, você fica sem chão, seu mundo desaba; a vida a sua volta não parece mais tão feliz e você pensa que não vai se recuperar. Mas o tempo passa e aquela tristeza imensa vira saudade. Você não vai esquecer a pessoa, mas vai viver sua vida normalmente e feliz, e sempre vai ter saudades daquela pessoa que se foi. Quando um relacionamento amoroso termina não é diferente.

A ligação e o sentimento que tenho por ele são algo além do normal, além do natural, e se tem algo que posso dizer com toda a certeza do universo é que esse é um amor que durará além da vida, jamais se apagará.

Sou capaz de viver sem Carter Mason, sou capaz de gostar de outro rapaz e ter um relacionamento, e posso até chegar a amar outra pessoa – apesar de que acredito que será muito difícil, mas nunca se sabe o que o futuro reserva. Mas tenho plena certeza de que não sou capaz de amar outra pessoa como amo Carter Mason e também não sou capaz de deixar de amá-lo.

Na manhã seguinte acordei me sentindo péssima. Eu estava sozinha em casa, meus pais estavam no trabalho e Rose tinha ido visitar os pais dela. Em uma manhã normal eu levantaria, tomaria um banho, tomaria café, me arrumaria e iria para a escola. Mas, no estado em que eu estava, fui até a cozinha, fiz uma panela de brigadeiro, peguei minha manta e fui assistir a alguns filmes.

❦

Algo que é interessante notar é que a maioria das mulheres, quando estão tristes ou com o coração partido, comem doces e assistem a filmes tristes, para chorar mais ainda. E depois de chorar muito, elas acabam se sentindo melhor e prontas para o dia a dia novamente. No meu caso, isso não aconteceu.

❦

Resolvi assistir ao filme *Querido John*, que, na verdade, parece com minha vida amorosa. Nem preciso dizer que chorei o filme inteiro. Depois de me matar de chorar e me empanturrar de brigadeiro, pensei que me sentiria melhor, porém, fiquei ainda pior. Senti-me sozinha, em uma escuridão profunda, onde tudo que havia era cacos de coração partido e profunda desilusão.

Assisti a clipes de músicas e chorei em todos. Mas uma música em especial me fez chorar ainda mais, o nome da música é "Far Away", da banda Nickelback. Essa música tem um grande significado para mim, pois certa vez mandei a letra para Carter pedindo perdão. Essa música descreve tudo o que sinto quando ele vai embora.

Eu não faço ideia do que aconteceu e no que eu errei para que ele não me quisesse ao seu lado. Se eu soubesse onde errei, faria até o impossível para consertar. No final da tarde, meu amigo Lucas me ligou. Ele e seu irmão Luan eram muito legais e grandes amigos. Os dois estavam falando comigo ao mesmo tempo no viva voz e tentavam me alegrar.

— Faz assim, Su, escuta a música "Vermilion", da banda Slipknot, que você vai se sentir melhor, tenho certeza.

— Qual é, Luan, você acha que uma simples música vai me ajudar?

— Susana, vai, confia na gente. Vai te ajudar muito.

— Ok, Lucas, vamos ver se estão certos.

Realmente, ajudou-me um pouco, mas logo a tristeza me dominou novamente. Então, Lucas teve outra ideia.

— Susana, que horas você entra na escola?

— Sete e meia, por quê?

— Topa matar aula?

— Topo! Vamos fazer o quê?

— Ah, vamos jogar Guitar Hero no shopping e depois tomar um sorvete, caminhar, só para você sair dessa depressão, vai.

— Está bem, mas se eu me meter em encrenca a culpa é sua.

— Haha, ok.

Na manhã seguinte, ele me encontrou no portão da escola, então fomos para o shopping jogar. Fiquei impressionada em como jogava bem, mas dava até pra entender, porque ele era guitarrista. De certa forma, fez-me bem sair com o Lucas. Ele era um grande amigo e fez com que eu me distraísse.

Depois que saímos do shopping fomos tomar um *milk-shake*, então fomos até a estação num ponto alto da cidade e ficamos lá conversando até o final do dia. Ao pôr do sol, eu comecei a chorar, pensei em quando Carter me mostrou aquele lindo pôr do sol. Por mais que eu não quisesse, tudo fazia com que eu me lembrasse dele. Vendo que eu estava chorando, Lucas me abraçou e disse:

– Susana, você tem que esquecer esse cara.

– E você acha que é fácil?

– Eu sei que não é, mas que bem que ele te fez? Já te abandonou duas vezes, por que ainda gosta dele? Quer dar uma chance para que ele te abandone uma terceira vez?

– Eu o amo, mas ele nunca vai voltar.

– Você pensou isso da primeira vez.

– É, mas quem foi atrás dele fui eu, ele não virá atrás de mim. Sinceramente... Eu nem sei se ele realmente chegou a gostar de mim.

– Você foi só uma distração para ele, tenho certeza. Su, por favor, esquece esse cara.

– Quero muito que você esteja errado. Eu não quero esquecê-lo. Seria como esquecer parte de mim.

– Você vai sobreviver.

– Eu sei, mas eu não quero esquecê-lo, eu o amo.

– Mas ele não te ama, Susana. Abre os olhos. Ele te abandonou duas vezes. Você é só um passatempo.

— Eu confio nele. Pode ser que ele não me ame, mas sei que alguma coisa ele sentiu e foi algo forte.

— Vai mesmo continuar sendo tonta?

— Quer saber, não vou ficar aqui ouvindo essas bobagens.

୶

Cheguei em casa e deitei na cama, coloquei o fone, a música estava alta e prestei atenção na letra. A maioria das músicas que escutei passava a impressão de que foram escritas baseadas na minha vida.

Comecei a pensar no que Lucas tinha dito: será que fui apenas uma distração? Será que Carter não sente nem nunca sentiu nada por mim? O motivo pelo qual eu me recusava a acreditar nisso era porque seu olhar nunca mentiu. Eu consigo decifrar muitas coisas no olhar de uma pessoa e em 90% das vezes estou certa.

Deitada, olhando para o vazio escuro, senti as lágrimas escorrendo pelo meu rosto. Então percebi o quão idiota eu estava sendo. Carter estava longe, saindo com seus amigos, conhecendo novas pessoas e se divertindo, sem nem pensar no que eu estava pensando ou sentindo, ou mesmo se eu estava bem. Ele nem se importava. Minha mãe entrou no meu quarto e veio falar comigo.

— O que você tem, filha?

— Nada não, mãe, só estou chateada.

— Olha... Eu trouxe chocolate quente. Me conta, filha. É por causa do Carter?

— Sim, mãe, é por causa dele. Sinto tanta falta dele, não entendo por que ele não me quer por perto...

— Porque ele é um idiota, filha. Você tem tudo o que um rapaz deseja, mas ele não está conseguindo ver isso. Tenta olhar para outros rapazes, filha. Procura alguém que não vá te fazer sofrer e nem te chamar de doente e obsessiva.

– Obrigada pelo conselho, mãe, mas não quero mais dor de cabeça, não quero me envolver com ninguém.

Deitada, olhando para o teto, me transportei para uma lembrança...

Certa noite, quando Carter e eu estávamos em Ubatuba, fomos caminhar na beira da praia. O tempo estava fresco e com uma brisa fria, era lua cheia e a noite estava estrelada.

– Carter...

– Me diga três palavras que descreveriam o que você está sentindo agora.

– Três palavras que descreveriam o que eu estou sentindo agora são: amor por você. E outras seriam: segurança por ter você do meu lado e alegria por poder compartilhar a minha vida com você. Você me faz o homem mais feliz do mundo porque você é a garota mais perfeita de todo o universo, e eu tenho a imensa sorte de ter você ao meu lado. E só me resta agradecer por tudo o que a gente já passou e vai passar.

Meus olhos brilharam e eu sorri.

– Eu te amo, Carter.

– Eu também te amo, Susana.

Comecei a chorar lembrando desse momento, dessas palavras... Pareceram tão verdadeiras e hoje não valiam de nada.

É horrível quando uma pessoa que marcou tanto sua vida passa a ser um estranho. Não sei por que era tão difícil aceitar que Carter não me amava. Tentava entender, mas não adiantava. Cada palavra, cada ação, cada momento, tudo pareceu sincero e verdadeiro. Não era para ter acabado assim, de repente, e sem um motivo válido. Sei que não tinha como eu estar todo dia ao lado dele, mas quem ama aguenta o que é preciso, enfrenta todos os obstáculos e faz o possível e o impossível para que o amor não esfrie com a distância.

Quando se ama

Um grande amor
Não acaba sem razão,
Não deixa a distância
Afetar o coração.

É preciso agir com emoção
Não com a razão,
Pois a razão e o coração
Estão sempre em discussão.

Quando se ama
Não se deseja que a pessoa vá embora
No entanto, estou aqui sem você.
Perdida na solidão
De um mundo vão.
Você me abandonou
E tudo se acabou.

Meses depois...
Eu já estava no segundo semestre do último ano do ensino médio, fazia meses que não tinha notícias de Carter e, mesmo depois de todo esse tempo, eu ainda continuava triste com o ocorrido. Muitas coisas haviam ocorrido nesse tempo, mas algumas continuavam as mesmas.
Um dia, um pequeno presente mudou tudo.

13
Dulce, uma pequena luz

Em um final de uma tarde bem fria, em meados de julho, eu estava no computador, distraída e alheia, e não percebi minha mãe entrando.

– Oi, filha, como está?

– Estou bem. Pra que esse pano aí?

– Um presente para você.

Quando abri aquele monte de pano, avistei uma pequena cabecinha marrom e peluda. Era uma linda cachorrinha.

– Por que isso, mãe?

– Ah, filha, você anda tão deprimida ultimamente que pensei que poderia te fazer bem uma nova companheira.

Peguei aquele bichinho pequeno e frágil em meus braços e me apaixonei.

– Mãe, ela é linda.
– Qual nome dará para ela?
– Dulce.
– É, combina com ela.

Ela era tão frágil e delicada, apaixonei-me por aquele animalzinho tão indefeso. Arrumei uma caminha bem quente e confortável para ela, próximo à minha cama. Tomei um banho e deitei, em meio à escuridão daquela noite fria, ainda me lembrei de Carter. É incrível como uma pessoa que você pensa ser honesto e de confiança mostra um lado completamente frio e insensível.

Chorando em silêncio, ouvi um pequeno choro ao lado da minha cama. Dulce queria subir. Coloquei-a sobre o meu peito e ela foi para o meu pescoço, depois começou a lamber minhas lágrimas.

Isso me fez sorrir e não me senti sozinha. Acariciava aquele bichinho frágil, que dormiu no meu pescoço. Dulce esquentou meu coração gelado naquela noite fria de inverno. Foi a melhor noite de sono que tive em meses. Na manhã seguinte, acordei com a Dulce no meu rosto.

Não estava com a mínima vontade de ir para a escola. Queria ficar com a Dulce. Eu poderia vê-la dormir o dia todo e não me cansaria. Durante a primeira aula, fiquei conversando com Gustavo e Daniel, e eles me encheram o saco pelo nome da cachorra.

– Dulce? Que nome besta para um cachorro – disse Gustavo.
– O cachorro é meu e eu dou o nome que eu quero.

Quando nós três íamos à escola era complicado prestar atenção na aula. Mas durante a aula da professora Francine, tínhamos que prestar atenção. Ela sempre foi uma excelente professora e com certeza uma das mais queridas. Ela era simpática, amiga, alegre e divertida, porém também era muito brava. As matérias dela eram: matemática, física, química e biologia.

Em biologia eu ia bem e sempre ajudava o Gustavo e o Daniel; em compensação, Daniel – que era nerd, em minha opinião – era bom em física e matemática, e Gustavo era bom em química. Um sempre ajudava o outro.

Quando cheguei em casa naquela tarde vi algo diferente, minha mãe estava em casa.

– Oi, filha, tirei a tarde de folga hoje e comprei uma roupinha para a Dulce. O que acha?

A roupinha era fofa, amarela com bordas pretas e desenhos brancos e pretos de patinhas. Na verdade, aquela cachorra parecia mais um ursinho do que um cachorro, de tão peluda e fofa.

– Ficou linda, mãe, mas por que tirou folga do trabalho?

– Ah, está uma tarde fria e nublada. Pensei que poderíamos ficar assistindo a filmes juntas. Vamos?

– Legal.

Isso me assustou, não era normal, mas fiquei feliz. Era bom uma vez ou outra ter minha mãe por perto. Assistimos a vários filmes, comemos pipoca e brigadeiro. Dulce dormiu no meu peito a tarde toda.

Nessa tarde senti como se eu e minha mãe fôssemos mais unidas. No final da tarde, Dulce acordou e queria brincar. Ela ficou mordendo e puxando minha blusa sem parar, até que eu me levantei.

Peguei um cachecol velho e fiquei arrastando de um lado para o outro. Era engraçado como ela corria sendo tão pequena. Quando conseguia pegar o cachecol, puxava como se fosse um cabo de guerra e, mesmo perdendo várias vezes, ela não desistia.

Finalmente, quando a Dulce cansou de brincar – o que demorou muito porque aquela cachorra parecia ligada no 220 V –, coloquei-a para dormir em sua cama e fui tomar um banho. Deitei na cama e resolvi ler. Afinal, os livros sempre me levaram para mundos incríveis e extraordinários. Os livros sempre fizeram minha mente viajar. Mas não é desde sempre que eu goto de ler.

೩

Na época em que eu estava no começo do oitavo ano do ensino fundamental, eu detestava ler porque não conseguia me concentrar. Então, uma professora chamada Suzi fez um projeto em que tínhamos que ler um livro por mês, no mínimo. Fomos à biblioteca e eu não estava nem um pouco entusiasmada com a ideia. Eu andava procurando algum livro sem nenhuma vontade. De repente, deparei-me com algo que me chamou a atenção.

Sabe aquele velho ditado "nunca julgue um livro pela capa"? Então, não se aplicou a mim naquele momento. Olhei para a prateleira e vi um livro com a capa alaranjada e com a figura de um cavalo correndo ao pôr do sol. Seu título era *O corcel negro*.

Peguei o livro só pela capa, mas o que eu não sabia é que aquele livro seria a chave para mundos incríveis e únicos dos livros, que eu viria a ler e amar.

Lembro-me bem de que eu comecei a ler o livro e, quando voltei para a classe, eu não queria mais parar. Era emoção e desejo em descobrir o que viria depois a cada página.

Não notei que já era de madrugada. A hora passa rápido quando se está concentrada na leitura.

Muitas pessoas dizem que livros são fantasias e que é preciso ser realista; essas pessoas não são felizes. É claro que a maioria dos livros é fantasia, mas funcionam como um escape da realidade que às vezes é muito dura. Livros são um grande incentivo à criatividade.

Um velho ditado diz: "Livros, caminhos e dias dão ao homem sabedoria."

Percebendo que já estava tarde, fui dormir. Nessa noite sonhei com milhares de estrelas e a calmaria dos oceanos.

Acordei atrasada na manhã seguinte e saí correndo para a escola, não notei que ainda estava com a blusa do pijama.

– Me deixa adivinhar, ficou lendo até tarde e perdeu a hora? – disse Daniel.

– Como sabe?

– Sua blusa te entrega– disse Gustavo, rindo.

– Cacetada! Não notei que não troquei a blusa do pijama!

– Tudo bem, vai lançar uma nova moda.

– Deixa de ser besta, Daniel.

– Tome, fique com a minha blusa, não estou com frio.

– Obrigada, Gustavo.

Fiquei caindo de sono durante as três primeiras aulas. Não faço ideia de que matéria foi, só sei que dormi a maior parte do tempo.

No intervalo, Daniel tocou num assunto que eu nem lembrava mais.

– E a figura do Carter? Não apareceu?

– Sabe que desde que a Dulce chegou eu fico tão bem, tão ocupada com ela, que nem lembro dele.

– Nossa, cachorrinha poderosa, então.

– Ah, meninos, acho que finalmente estou aceitando que ele se foi e nunca voltará. Carter não me amou, fui apenas um passatempo.

– Melhor assim, Su, ele nunca mereceu você.

– Concentre-se nas coisas que te fazem bem, Su. Sei que você o ama, mas é melhor aceitar que ele não vai voltar.

– Sim, Gu, você tem razão. Por mais que eu o ame, a história acabou. Hora de um novo capítulo.

Quando cheguei em casa, Dulce veio correndo me encontrar. Ao olhar nos olhos dela, percebi a luz que eles irradiavam, percebi a alegria que contagiava minha mente e o amor que transbordava em meu coração.

Pude relembrar ali, naquele momento, como a vida é bela e incrível. Por mais duras que sejam as provações que passamos, no final, sempre vale a pena.

É claro que ainda amava Carter. Não se esquece um grande amor, mas pude aceitar todo o ocorrido.

Senti-me tão bem naquela tarde e fui cavalgar. Percebi que, se não fosse pela Dulce, eu não teria reencontrado a alegria da vida. Sim, eu tinha perdido a alegria da vida, estava depressiva e em um abismo, e muitos falaram que era bobagem e uma idiotice, mas não era. Cada um reage de um jeito, há pessoas que são mais emocionais e outras mais racionais.

É preciso apenas respeitar e ajudar no que for possível. Quando uma pessoa sofre pela perda de um grande amor, algumas são capazes de superar e muito bem, mas outras precisam de uma pequena ajuda.

Posso dizer de todo o coração que a Dulce foi minha estrela-guia em uma noite de completa escuridão.

Depois de tanto cavalgar e pensar como a Dulce me ajudou e em como algumas pessoas são parecidas no aspecto de razão ou emoção, voltei para casa. E tive uma surpresa não muito agradável alguns dias depois.

༄

Eu estava concentrada em uma nova coleção que comecei a ler quando meu celular apitou o aviso de mensagem. Fiquei tão envolvida com o livro que até esqueci de ver a mensagem. Algumas horas depois, quando abri, vi que era uma mensagem do Carter.

— Hey, Susana.

Fiquei com raiva, muita raiva. Por que ele tinha que aparecer novamente? Por que agora que tinha me acostumado com sua ausência ele tinha que voltar? Isso não era nada bom. Fiquei com medo de ser fraca, então deixei a raiva tomar conta dos meus pensamentos. Provavelmente, ele levou um fora da amiguinha dele e ele veio me procurar.

Eu não podia acreditar, parece que foi automático. Quando finalmente me acostumo e aceito a ausência dele, do nada ele volta. Era para acabar comigo mesmo. Respirei fundo, tranquei meu emocional, preparei minha mente e respondi.

— O que você quer, Carter?

14
Última chance

Decidi ser o mais seca possível.
— Oi, Susana... Eu só queria saber como você está...
— Estou muito bem, e você?
— Mau...
— Por quê?
— Porque fui um idiota e perdi a garota que me amava e que eu amava.
— Como amararia alguém doente e obsessiva?
— Eu fui um imbecil, mas não tem jeito, também sou doente e obsessivo por você.
— Você me magoou.
— Não sei como pude ser tão idiota a ponto de pensar que não daria certo. Não deixei de pensar em você nem um

minuto. Sei que isso parece falso, mas no fundo o meu coração pede para te dizer que... Leio tuas cartas todos os dias, penso em você o tempo todo e me arrependo por ter perdido a garota mais perfeita que me apareceu.

– Se eu era tão perfeita, por que fez o que fez?

– Porque fui tão imbecil a ponto de achar que não daria certo. Por favor, Susana, sei que não mereço, mas peço que me perdoe.

– Está bem, Carter, eu perdoo você.

– Susana, sei que não mereço e nem deveria te pedir isso, mas eu te imploro mais uma chance.

– Por enquanto não, Carter. Estou muito machucada. Vamos continuar sendo amigos, ok?

– Claro... Como quiser.

Não sei bem se foi bom ou não ele ter voltado, mas eu ainda o amava.

– Mas me conte, Susana, como andam as coisas? Novidades?

– Bom, eu pintei meu cabelo.

– Sério?! Qual cor?

– Vermelho.

– Com certeza ficou ainda mais linda.

Por mais machucada que eu estava, no fundo eu estava feliz por ele ter voltado. Mas ainda não tinha certeza se poderia voltar a confiar nele.

❧

Os dias se passavam e Carter mostrava um lado que havia mudado. Ele fazia tudo para dizer que eu era especial para ele.

Mesmo assim eu ainda estava com medo. Quando se ama de verdade, não importa o quanto a pessoa não lhe mereça, você sempre vai perdoar essa pessoa, pois a falta que ela faz na sua vida é maior do que a dor que ela causou.

Nunca entendi por que meu amor por Carter era tão forte, tão sincero e tão inesquecível, mas sempre foi algo bom demais para tentar esquecer.

Eu estava deitada lendo, quando Carter me chamou.

– Oi, Su, o que está fazendo?
– Estou lendo um pouco, e você?
– Estou fazendo nada. Você tem Skype?
– Tenho.
– Quer me ver?
– Claro.

Nisso, ele me conquistou um pouco. Amei quando o vi. Ele continuava lindo, aliás, estava mais lindo ainda.

– Nossa, Su, você ficou linda com cabelo vermelho.
– Obrigada, Carter.
– E então, como foi seu dia?

Ficamos conversando por muito tempo e eu não parava de sorrir. A melhor coisa era ter ele na minha vida novamente. Antes de desligarmos, Carter falou algo que mexeu comigo.

– Susana, vem me ver?
– O quê?!
– Vem até Campos do Jordão, passa um dia comigo.
– Quer mesmo que eu vá?
– Claro.
– Mas e seus pais?
– Já perguntei, eles deixaram.
– Bom, se insiste tanto, vou dar um jeito.

– Ótimo, vou amar te abraçar e estar com você.
– Vai dar um jeito em que, Susana?
– Mãe?!
– Com quem está falando?
– Com Carter...

Vi que a expressão da minha mãe foi de total desaprovação e Carter percebeu isso. Depois que minha mãe saiu, Carter falou:

– Susana, você disse que estava tudo bem, mas está claro que não está. Eu não deveria ter voltado.

– E vai fazer o quê, Carter?! Me abandonar novamente? Não importa o que minha mãe pensa. O que importa é que eu te perdoei e preciso de você. Agora, se concorda com ela, talvez fosse melhor que você não tivesse voltado mesmo. Vá em frente, me abandone, tentarei aguentar novamente.

– Su, pare, não chore.
– Como não vou chorar se novamente você vai embora?!
– Calma, não vou embora.
– Não?!
– Não, nunca mais vou te abandonar. Mas, por favor, não chore. Toda vez que você chora morre uma parte de mim.

Aquelas palavras me acalmaram muito. Será que Carter realmente tinha mudado?

Eu comecei a acreditar que sim.

Desta vez eu não poderia fugir e ir até lá, então fui pedir ajuda para Rose.

– Amiga, você nunca esqueceu ele, não é?
– Não, amiga, eu o amo muito.
– Bom, fugir você não pode ou vai perder tudo de novo.
– Acha mesmo que devo ir?
– Se você o ama, claro.

– Mas como eu vou?

– Pede para o seu pai.

– Ficou louca? Ele nunca vai me ajudar.

– Amiga, tenta. Senta e fala com ele. Diz tudo que você realmente sente, tenho certeza que ele vai te ajudar.

– Está bem, vou tentar.

Mais tarde, naquele dia, fui falar com meu pai.

– Pai, preciso muito falar com você.

– Diga, Susana.

– Pai, se eu te pedisse para me levar...

– Se vai me pedir para te levar para Campos do Jordão ver o Carter, esquece.

– Pai, por favor, eu o amo.

– O que você disse?

– Eu o amo.

– Mesmo depois de tudo o que ele fez, filha?

– Pai, a falta que sinto dele é maior do que a dor que ele me causou.

– Bom, filha, o certo era ele vir. Mas já que você veio falar comigo, eu te levo.

– Sério?!

– Sim, mas é a única vez.

– Obrigada! Obrigada! Obrigada!

Minha mãe odiou a ideia e falou que não iria. Nem liguei.

※

Domingo de manhã, no dia 21 de setembro de 2014, eu estava mais animada do que um cavalo prestes a ser solto depois de muito tempo preso. Lembrei que Carter sempre ria das minhas analogias.

No carro, meu pai chamou uma amiga nossa para ir. Ela era totalmente maluca, mas eu confiava nela e gostava muito dela. Coloquei o fone e fui apreciando a viagem. No momento em que percebi que estávamos chegando, fiquei muito nervosa.

Assim que cheguei, vi Carter no portão; fiquei sem ar, com o coração disparado, e não sabia o que fazer. Ele estava maravilhoso. Usava jeans, uma camiseta azul e o cabelo estava lindo, jogado para o lado. O sorriso dele estava ainda mais perfeito do que me lembrava.

Desci do carro com um frio na barriga e o coração não parava. Ele me abraçou, cumprimentou meu pai e nossa amiga, e depois entramos.

— Susana! Como é bom vê-la.

— Olá, seu Márcio. Obrigada por nos receber em sua casa.

— É um prazer tê-los aqui.

Conversamos um pouco e depois eles foram para a cozinha. Quando Carter e eu ficamos sozinhos, confesso que fiquei com um pouco de vergonha.

— Você está quieta.

— Estou?

— Sim, geralmente você fala como uma matraca.

Sorri e então ele me beijou. Esse beijo... foi absolutamente perfeito. Juro que não tenho palavras para descrever o que senti.

Sempre que me lembro daquele momento sinto um frio que sobe pelo corpo, algo bom que mostra que meu amor por Carter nunca vai morrer.

Passamos o dia perfeito juntos, Carter foi muito fofo e carinhoso. No entanto, na hora em que tive que ir embora, foi uma tortura. Depois de me despedir e abraçá-lo forte, entrei no carro chorando. Foi uma despedida dolorida, mas sabia que logo nos veríamos novamente, ou pelo menos era o que eu pensava.

Cheguei em casa e a Dulce estava me esperando. Coitadinha, estava morrendo de sono, então dormiu no meu colo. Estava me sentindo nas nuvens no final de um dia perfeito. Só não sabia que minha felicidade duraria pouco.

❧

Três meses depois...

Em uma madrugada de verão, recebi a triste notícia de que minha tia havia falecido. Fiquei sem chão. O que me segurava era Carter. Consolava-me saber que logo ele estaria comigo.

Os dias foram ficando cada vez mais cinzas, então novamente algo estava errado... Eu não fazia ideia do que poderia ser, mas pressentia que alguma coisa não estava bem. Sabe quando o coração suspeita de que você vai sofrer e que vai descobrir algo ruim? Eu estava exatamente assim.

Tinha algo errado com Carter...

Juro que não sei mais o que faço. Se eu sou fofa ou me preocupo, ele diz que o sufoco; se elogio, ele não gosta; amo fazer surpresas e ele também não gosta. Ah, Carter... Não sei o que faço, você não está comigo e está frio. Se eu soubesse o que está acontecendo...

Talvez eu tenha nascido na época errada e Carter esteja certo em dizer que exagero às vezes, mas sou assim e não tem como mudar.

Apenas tentei mostrar ao Carter como o amo, mas acabei quebrando a cara novamente.

Caiu na rotina.

15
Grande decepção

Jurei a mim mesma que não passaria por isso novamente. Todos me avisaram e eu não quis escutar. Realmente, pensei que Carter tinha mudado, mas não mudou. Tudo bem, eu entendo que é difícil a distância, entendo que quer alguém ao seu lado. Só que quem quer vai atrás, como eu fui, mas ele não veio até mim.

Duas vezes não me bastaram, eu quis tentar uma terceira e pensei que seria diferente, e até foi em algumas coisas, mas ele quebrou a promessa de não me machucar. Gostaria que tivesse sido honesto.

❧

— Susana, não está dando, caiu na rotina, quem sabe um dia nós nos encontramos novamente. Eu vou atrás de você e, juro, só deixa eu me firmar na vida e terminar a faculdade. Temos que sair com outras pessoas, ter novas experiências, mas continuamos amigos. Sempre estarei ao seu lado.

❧

Carter jurou vir atrás de mim, mas duvido que ele venha. Aposto que já deve ter arrumado outro rabo de saia. Só espero que, se um dia ele vier, não seja tarde demais. Nenhuma garota será tola o suficiente para fazer tudo o que fiz por ele.

No entanto desta vez eu não ficarei mal. Está doendo, sim, mas vai passar, como passou das outras duas vezes. Vou seguir minha vida independentemente de Carter Mason estar nela ou não.

Se um dia ele voltar, terá que provar que me ama. Palavras, o vento leva; já atitudes, preservam-se. Acho que agora é um adeus, Carter Mason. A gente se esbarra por aí.

Nessa noite fiz um poema.

Caminhos

Não é destino,
São escolhas e consequências.
Você escolheu estar sem mim
E isso resultou no fim.

Pode o fim ser um novo começo,
Mas todo começo sempre terá um fim.
Novos caminhos para trilhar,
Novos motivos para se alegrar.

Tenho a esperança de que um dia
Nos encontraremos,
Mas me pergunto se diremos
Juntos enfim
Ou apenas
Lembra-se de mim?

Nossos caminhos se cruzarão
E se unirão?
Ou se cruzarão e seguirão?
Só me importa que saiba
Meu amor por você
Nunca se acaba.

Dessa vez, minha reação foi diferente, não fiquei depressiva. Fiquei triste, sim, muito, mas dessa vez minha decepção foi maior do que a tristeza. Eu me decepcionei, pois percebi que Carter não era uma pessoa madura como pensei que fosse. Ele ainda era só um garoto que não conseguia ficar longe de outras garotas.

Olhava nossas fotos e me perguntava: como alguém consegue fingir tão bem? Carter ainda não sabia o que é amor. Uma vez ele me disse que era sempre o que mais amava e sempre o que mais sofria.

Hoje está totalmente claro: ele não faz ideia do que é o amor. Eu estava impaciente na minha cama, então levantei, troquei-me e fui para o quintal. Subi em uma árvore, deitei no galho mais alto e mais grosso e fiquei observando a noite.

Logo vi uma estrela cadente e fiz um pedido. A estrela brilhou mais ainda. Olhando aquela maravilhosa noite, por um momento quis ter uma vida diferente. Adormeci e tive um sonho...

Tudo estava escuro e uma luz fraca irradiava de mim. Longe havia uma luz muito intensa. Eu corria para alcançá-la, mas era em vão. Concentrei-me em clarear mais meu caminho e ao meu redor. Esqueci daquele brilho forte e me concentrei em melhorar. Toda vez que eu melhorava e ficava mais confiante, minha luz aumentava. Logo havia outras pessoas junto a mim, cada uma com sua luz naquela escuridão. Quando a luz que irradiava de mim cobria quase toda a escuridão, percebi que apenas quem tinha o poder de aumentá-la ou diminuí-la era eu mesma. Não preciso de alguém para realizar meus sonhos.

Curei minhas feridas, levantei minha cabeça e aumentei minha luz, fui atrás dos meus desejos e sonhos. Tempos depois, com minha vida estável, minha mente em paz e meu caminho fixo, aquela luz forte foi chegando perto, estava quase apagada, e, quando vi, era Carter.

Acordei assustada e percebi que tinha dormido em cima da árvore. Não compreendi o sonho que tive, mas, como era apenas um sonho, não liguei. Era sábado e, como eu não tinha nada planejado, peguei um bom livro e fui para a árvore novamente.

Não sei por que, mas desde pequena sempre amei estar em cima das árvores. Nelas eu me sentia em paz.

Alguns dias depois, Rose tentou me apresentar outros rapazes, mas eu apenas queria ficar em paz. Não queria mais nenhuma dor de cabeça por enquanto.

Sabe quando você quer curar seu coração? Deixar ele livre, em paz? Era exatamente o que eu queria fazer. Lembranças que já me fizeram sorrir, hoje me faziam chorar. Com o passar dos dias, concentrei-me em melhorar meu jeito. De vez em quando acabava tendo umas recaídas meio fortes, olhando nossas fotos, lembrava dele e chorava.

Fiz o máximo possível para não pensar em Carter, mas meu coração implorava por ele enquanto minha mente tentava esquecê-lo. É muito estranho quando você se acostuma a falar com uma pessoa todos os dias e, de repente, por motivos que você não compreende, essa pessoa se torna uma completa estranha e vocês não se falam mais.

꙳

Certa manhã, fui até um evento de hipismo que estava apresentando o lançamento de um novo livro. Fiquei com sono a maior parte do dia, então a Rose me mostrou um rapaz. Ele era muito bonito, confesso. Ela insistiu para que eu o conhecesse, mas eu não queria, eu queria ficar na minha.

Então, num dado momento, eu estava andando e tropecei, e acabei esbarrando nele.

– Ah, me desculpe. É que eu tropecei.
– Sem problema. Você vai pegar o novo livro?
– Sim.
– Vamos, então. Qual seu nome?
– Susana, e o seu?
– Murilo. Muito prazer, Susana.
– O prazer é meu.
– Me fale de você.
– Bom... Eu sou meio naturalista, protetora dos animais, amo ler, sou romancista e amo subir em árvores.
– Seu rumo é sempre natureza?
– Ah, às vezes gosto da cidade.
– Quando não interfere no ecossistema, não é?
– Exatamente.

– Você é muito legal, Susana. Posso te acompanhar até o carro?

– Está bem.

Fomos conversando bastante. Ele era um rapaz muito legal, simpático, bonito, inteligente e gentil, mas, como sempre, eu ainda pensava muito em Carter. Fazia bastante tempo que eu não o via nem falava com ele, mas não passava uma noite na qual eu não pensasse nele e no seu olhar magnífico.

"O coração implora o que a mente tenta esquecer."
Luan Santana (Stay).

Essa frase sempre se aplicou a mim – sempre tentei esquecer Carter, mas meu coração sempre implorou para ele voltar. Toda vez que pensava nele, meu coração doía muito.

Quando cheguei em casa naquele dia, não sabia direito o que eu estava sentindo. Estava feliz por ter feito um novo amigo, mas, como sempre, Carter bagunçava minha cabeça.

Resolvi ficar em paz. Ainda amava Carter Mason, mas não quis mais pensar nele. Decidi dar uma folga ao meu coração, deixá-lo quieto. Tomei a decisão de deixar Carter Mason no meu passado.

꧂

Então me concentrei no último bimestre do ensino médio. Eu, Gustavo e Daniel continuávamos aprontando nas aulas. Um dia, depois das provas, inventamos de comer pastel de Nutella. Eu fiquei viciada em Nutella graças ao Carter. Enquanto comíamos, comecei a chorar.

– E o plano de deixar Carter no passado? – perguntou Gustavo.

– Pelo visto, não está dando certo, se ela chora por causa de um doce.

– Fiquem quietos os dois. Não percebem que estou sofrendo? Sinto a falta dele.

– Ah, Susana, ele não vale nada. Siga em frente. E aquele novo amigo que você conheceu?

– Ah, Gu, eu não quero nada com ninguém, só quero o Carter. Aquele rapaz é muito legal, mas meu coração...

– Ah, pode parar, Susana. Carter não se importa mais com você e você deveria fazer o mesmo. Acha que ele está pensando em você?

– Meninos, vou para casa, estou cansada.

– Tá, se cuida.

॰॰॰

Chegando em casa fui olhar a foto de perfil do Carter e o vi com outra garota. Aquilo foi uma facada no meu coração. Chamei-o para conversar e descobrir mais coisas.

– Hey, Carter, tudo bom?

– Oi, Su, tudo bem, e você?

– Estou bem também. Bela foto.

– Ah, obrigada, é minha namorada.

Quando li aquilo na mensagem levei mais três facadas no coração.

– Ah, que bacana. Como se conheceram?

– Bem, eu a conheci num aplicativo de encontros. Seu nome é Amanda, ela mora em Campinas. Ela tem muito em comum comigo, então fiz uma grande loucura, peguei o ônibus e fui para Campinas sozinho.

– Sem conhecer nada lá? Você é louco.

– Pois é. O melhor é que, chegando lá, foi tudo ótimo e ficamos de primeira.

Isso me magoou muito. Conversamos bastante e não deixei que ele percebesse. Depois desse dia, Carter Mason morreu em minha mente, mas não em meu coração. Continuava amando-o, mas isso já não me importava mais.

16
Já não importa mais

Essa última decepção que tive com Carter foi a mais dolorida. Como ele pôde ir ver uma estranha depois de tudo o que passamos? Isso foi uma bela apunhalada pelas costas.

As provas finais estavam chegando e, com tudo o que aconteceu nesse ano maluco, era difícil me concentrar em estudar, mas, mesmo com tudo, passei em todas as provas com ótimas notas. Tudo o que faltava era o TCC (Trabalho de Conclusão de Curso). Daniel, Gustavo e eu falaríamos sobre biodiesel. Foi a parte mais fácil desse final de ano. Era uma pena que nós três iríamos nos separar, pois cada um iria para uma faculdade diferente:

Daniel para Informática, Gustavo para Engenharia Química e eu para Medicina Veterinária.

Parecia que tudo estava ficando normal: meus pais trabalhando, eu treinando com a Rose, meus amigos se preparando para a faculdade e eu não tinha mais nenhuma notícia de Carter, ele tinha se apagado da minha vida.

Blue Jeans estava cada dia mais lindo e, no próximo ano, ele e a Flicka me dariam um potrinho. Tudo estava normal demais.

Até que, certo dia, como eu já estava de férias, peguei o primeiro ônibus e fui para o aeroporto. Resolvi ir para Machu Picchu, mas avisei meus pais desta vez, e eles nem ligaram.

Ao chegar lá, encantei-me com o lugar. Desembarquei em Cusco, a famosa terra dos incas, e fui reservar uma noite no hotel. Com o dinheiro das competições eu tinha uma boa quantia para aproveitar bem minha viagem. Logo depois de me registrar, fui conhecer a história do Peru e fiquei fascinada. Não sabia quanto tempo pretendia ficar lá, mas queria aproveitar essas férias para renovar minha alma, deixar o passado para trás, relaxar a mente e estudar a cultura peruana, sua fauna e sua flora, para voltar renovada e pronta para o meu primeiro ano de faculdade.

Fui até o Museu Inca, onde fiquei maravilhada com a exposição – havia múmias, cerâmicas, tecidos, joias, objetos de metal e ouro. Os museus em Cusco são incríveis, um mais incrível que o outro. Passei o dia conhecendo a cidade e comprando apetrechos.

Ao anoitecer, fui para o hotel e liguei para Rose.

– Oi, amiga! Como está no Peru?

– Está tudo maravilhoso! Ah, Rose, a melhor coisa que fiz foi vir para cá.

– Nossa, em um dia já está assim?! O que você fez hoje?

— Ah, visitei todos os museus em Cusco, um mais fascinante que o outro. E você, amiga, o que fez hoje?
— Amiga, tenho um babado enorme para te contar.
— Conte.
— Não sabe quem eu encontrei.
— Quem?
— Carter. E ele perguntou de você.
— Não me importo mais com ele.
— Tá, duvido.
— Rose, vim para cá para deixar Carter no passado. Não quero saber dele.
— Tá bom, desculpa. Bom, Su, vou ter que desligar, tenho um encontro.
— Ok, depois me conte tudo.

Nessa noite fui deitar em paz com minha mente, em paz e com meu coração leve, mas tive um sonho diferente.

ೞ

Eu estava em uma caverna, nas montanhas de Machu Picchu, e a luz estava muito fraca.
— Olá? Alguém aí?
— Eu estava te esperando, Susana.

Era uma senhora. Estava sentada bordando um tecido.
— Como sabe meu nome?
— Sei de muitas coisas.
— Por que me esperava?
— Que bom que perguntou. O que vê neste lenço?
— Uma cobra roxa.
— Susana, seu destino está escrito há muito tempo.

– E que destino é esse?

– Você carregará no ventre a razão de nossa salvação ou a razão de nossa destruição.

– Quando?

– O tempo dirá quando. Procure a lenda da cobra roxa. Vá até o México, na terra dos maias, e lá terá mais informações. Mas, atenção, só deve ir com o amor da sua vida, o que faz de dois corações um só.

– E se eu não for com o amor da minha vida?

– A profecia te consumirá e você morrerá, causando a nossa destruição. Agora vá, criança, e lembre-se que o poder da cobra roxa é o mais forte de todo o universo.

Ela me deu o lenço bordado com a cobra e sumiu.

༄

Acordei desconfiada, parecia tão real, mas como era só um sonho, resolvi deixar pra lá. Quando me virei na cama, o lenço com o bordado da cobra estava na minha mão.

Como era possível? Fiquei assustada e curiosa ao mesmo tempo. Resolvi ir até aquela caverna. Peguei o trem para Águas Calientes e depois entrei pela porta do sol, que dá início à trilha inca. Como sabia que a trilha seria longa, eu me preparei bem.

No primeiro e no segundo dia de caminhada passei por Llactapata, também conhecida por cidade na colina. Uma visão incrível de uma cidade que foi um centro administrativo agrícola.

No terceiro dia, ao pôr do sol, cheguei a Runkurakay, uma ruína inca circular, antigamente um local utilizado como armazém de alimentos, torre de vigia ou parada para descanso. Um lugar incrível e maravilhoso. Pernoitei por lá, foi uma noite adorável.

No quarto dia cheguei a Wiñay Wayna, uma série de terraços onde há grupos de casas mais altas e mais baixas, que são interligadas por uma longa escada íngreme. Dez fontes jorram do topo em alinhamento com os terraços agrícolas. Segui a escada até o topo, uma subida um pouco cansativa, porém, quando cheguei lá, tive uma das visões mais lindas da minha vida.

No quinto dia cheguei a Intipunku, conhecido como porta do sol, que controlava o acesso à cidade inca e oferece uma vista de 180 graus de Machu Picchu. Enquanto eu passava por todos esses lugares incríveis e chegava mais perto de Machu Picchu, eu continuava a pensar naquele sonho. Será que significava algo? Tentei ignorar, mas estava difícil.

Finalmente, cheguei a Machu Picchu. Fiquei completamente sem palavras, o local era incrível. O pôr do sol estava próximo, então armei acampamento e tive o privilégio de vislumbrar um momento incrível e único. De repente, lembrei-me do primeiro pôr do sol que vi com Carter; por um momento, desejei que ele estivesse ao meu lado, mas logo voltei à realidade e lembrei que ele estava feliz e longe. É incrível como mesmo a milhares de quilômetros ele ainda vinha em minha mente.

Eu tentei pegar raiva pelo que ele me fez, mas nunca consegui. Carter é o amor da minha vida e sempre será.

Durante a noite, o céu estava incrivelmente estrelado e mais uma vez me lembrei de Carter. Na noite em que nos conhecemos o céu estava tão estrelado quanto hoje. Olhando para o céu, vi uma estrela cadente, porém ela caiu e acertou a montanha; fiquei muito curiosa, afinal estrelas cadentes não caem. Então segui o rastro dela e fui até a montanha, onde achei uma caverna. Logo me toquei que era a mesma caverna do meu sonho.

Entrei para explorar e encontrei a mesma senhora. Tirei o lenço da cobra do meu bolso e fiquei paralisada. Logo ela disse:

– Que bom que veio, Susana. Quer dizer que o sonho teve o efeito desejado.

– Por que estou aqui?

– Susana, eu vim para orientá-la.

– A respeito de quê? Da lenda?

– Não, eu vim orientá-la a respeito do seu coração.

– Meu coração está muito bem.

– Não minta para si mesma, criança. Seu coração está muito machucado e magoado. Sei que tentou curar a ausência de seu verdadeiro amor, mas nunca conseguiu. Acredite, o destino age de maneiras misteriosas e tudo o que você passou não foi por acaso. Cada lágrima, cada dor, cada lembrança, nada disso foi em vão. Tudo foi para deixá-la mais forte, para testar seu amor e sua perseverança. O amor que você sente por Carter Mason é o mais puro e verdadeiro, pois você deseja a felicidade dele mesmo que você fique infeliz. Tudo o que você passou nesses três anos só provou que seu amor cresce a cada dia. No entanto agora você precisa curar seu coração e perdoar. Esta viagem fará com que você deixe seu coração em paz; é hora de se concentrar em você. Seu amor virá até você no momento certo, mas até lá você precisa dedicar-se a si mesma. Há muito pela frente, Susana. Siga seus sonhos e dê o melhor de si. As estrelas estão ao seu lado para tornar seu caminho iluminado.

– E quanto à lenda da cobra roxa?

– Você saberá a hora certa de ir atrás da lenda.

– Qual seu objetivo aqui comigo hoje?

– Vim entregar-lhe isto.

Assim como na primeira vez em que a vi, ela me deu um lenço, mas bordado com uma estrela e uma imagem diferente em cada ponta.

– Esta estrela representa os cinco pilares mais importantes de sua personalidade. A primeira ponta, à direita, está com o símbolo da medicina veterinária, pois mostra a sua paixão, seu carinho e sua dedicação em ajudar os animais. A segunda ponta, logo abaixo desta, tem um livro, que representa sua sede por conhecimento e seu gosto pela leitura. A terceira ponta, logo abaixo à esquerda, tem um círculo contendo os quatro elementos, que significam sua criatividade, sua persistência, seu amor pela natureza e seus sentimentos, que são sempre muito intensos. A quarta ponta tem uma ave, que representa sua alma, que é livre. A quinta e principal ponta tem um coração, que representa o amor que você sente por tudo a que se dedica. E esse é o mais forte de todos. Siga esses cinco pilares e nada te prenderá. Liberte-se.

– Obrigada. Deixarei que eles revivam dentro de mim.

– Muito bem. Agora adeus, minha pequena.

– Espere! Qual seu nome?

– Elaine. Eu sou sua guardiã.

– Obrigada, Elaine.

Quando saí da caverna já havia amanhecido. Fui até onde estavam minhas coisas, guardei tudo e fui explorar Machu Picchu, que era um lugar realmente único. Em cada local que eu ia me sentia completamente revigorada.

Logo chegou a hora de deixar aquele lugar magnífico. Voltei para Cusco e fui até o aeroporto. Ao entrar no avião, agradeci por ter tido a chance de conhecer um lugar tão maravilhoso. E então decolamos de volta para casa.

Assim que cheguei em casa, Rose veio correndo me abraçar.
– Amiga! Senti tanto sua falta!
– Ro, eu não fiquei tanto tempo fora. Foram apenas nove dias.
– Ah, para mim pareceu uma eternidade. Mas me conte, como foi lá?
– Foi uma experiência única e incrível.

Contei todos os detalhes para Rose, mostrei os lenços e ela ficou deslumbrada. Depois que matamos a saudade e colocamos a conversa em dia, ela me mostrou o e-mail da Universidade Federal do Mato Grosso do Sul (UFMS).

– Abre, amiga!
– Calma, Rose, será que...
– Abre logo.
– Eu passei!

Eu e ela começamos a pular de alegria. Rose também tinha passado. Estávamos muito felizes por irmos para a faculdade juntas. Então tive uma vontade imensa de ligar para Carter e contar a novidade, mas ignorei essa vontade.

Quando contei para meus pais, por milagre, eles prestaram atenção e ficaram muito felizes. Logo eu faria 18 anos e teria minha carteira nacional de habilitação. Eu estava muito feliz com tudo o que estava acontecendo.

– Bom, filha, prometemos a você uma viagem de cruzeiro assim que entrasse na faculdade. Você prefere viajar antes de ir para o Mato Grosso do Sul ou no fim do primeiro ano de faculdade?

– Ao fim do primeiro ano. Agora está muito em cima. Acabei de voltar de Machu Picchu e tenho que arrumar um emprego e um apartamento.

– Está bem. Então, ao final do primeiro ano, faremos o cruzeiro.

❧

Eu estava muito feliz, Dulce veio correndo de felicidade até mim.

– Vamos para a faculdade, Dudu!

Ela não parava de me lamber, caí na cama e fiquei brincando com ela. Essa cachorrinha me trouxe de volta a alegria que eu perdi quando perdi minha filha. Mais à noite fui cavalgar. Coloquei a Dulce comigo e fui para um dos locais que eu mais gostava em São Roque: a pedreira. Lá era alto e silencioso, tinha uma bela vista da cidade e eu sempre me sentia livre naquele lugar. Era a melhor sensação do mundo.

❧

Os dias foram passando e eu estava concentrada em arrumar um emprego e um apartamento. Logo consegui algumas entrevistas e aproveitei para ver alguns apartamentos.

– Su, você vai mesmo levar a Dulce?

– Vou, ela tem que conhecer onde vai morar.

– Ai, ai, viu. Essa eu quero ver.

Chegando lá, fiz algumas entrevistas e consegui um emprego como recepcionista. Não era a área em que eu queria atuar depois de formada, mas, para começar, estava ótimo. Eu iria estudar de manhã e trabalhar à tarde.

Depois disso fomos ver alguns apartamentos e logo achamos um perfeito. Perto da faculdade, com dois quartos, sala, cozinha, banheiro e uma sacada grande. A Dulce amou a sacada. Eu começaria dali quatro semanas, no final de janeiro de 2016. Passei o fim de ano ocupada com as mudanças e com os livros da faculdade.

❧

Alguns meses depois...
Tudo estava indo bem. Eu já estava no Mato Grosso do Sul há três meses, meu trabalho era legal e a faculdade estava ótima. Durante a noite eu me concentrava em trabalhar no meu livro. Tudo parecia estar correndo normalmente, porém eu mal sabia que viriam mais surpresas.

17
O verdadeiro destino é traçado

A vida em Campo Grande estava muito boa. Eu estava no fim do primeiro semestre da faculdade e amava cada vez mais a medicina veterinária, e amava estudar cada vez mais. Eu era a melhor aluna, mas paguei um preço alto para realizar meus sonhos.

Tive que deixar a Flicka e o Blue Jeans na casa dos meus pais e dei adeus ao hipismo, mas era por uma boa causa. Esses seriam os melhores cinco anos da minha vida. Eu estava livre, correndo atrás dos meus sonhos, não estava mais presa àquela vida monótona e vazia. Eu tinha sonhos e estava no caminho certo para realizá-los.

Tirei minha carteira de habilitação e comprei uma moto roxa. Tudo estava maravilhoso. Mas, certo dia, algo aconteceu. Eu estava com insônia e fui para a sacada. Vendo as estrelas, pensei em Carter. Fazia meses que eu não pensava nele, desde que havia voltado do Peru, na verdade. Bem que a guardiã tinha falado que eu sairia de lá com o coração curado e em paz.

Mas, naquela noite, não sei por que ele veio em minha mente. Então, olhando as estrelas, senti meu telefone tocar. Quando vi, era Carter.

– Alô.
– Susana?
– Carter... Quanto tempo.
– Como é bom ouvir sua voz. Como você está?
– Estou muito bem, e você?
– Estou mais ou menos.
– Por quê?
– Terminei com minha namorada.
– Que triste.
– Sinto sua falta...
– Nem vem, Carter! Não sou segunda opção. Você está carente, não sente minha falta coisa nenhuma.
– Claro que sinto. E jamais te trataria como segunda opção.
– Não vou cair no seu jogo de novo.
– O que eu preciso fazer para você ver que eu não estou mentindo?
– Venha atrás de mim como jurou que faria e prove que me ama de verdade.
– Vou te provar. Eu juro.
– Ok. Bom eu tenho que desligar, acordo cedo amanhã.
– Bom descanso, Su.

Eu não quis estender muito a conversa, por telefone era ruim e, depois de tudo que passei, eu queria que ele provasse que me amava de verdade.

Achei melhor dormir. Eu tinha aula no dia seguinte de manhã e estava com um pressentimento de que algo iria acontecer.

❧

Na manhã seguinte meu professor veio com a notícia de que ele havia conseguido uma vaga de estágio no zoológico para um dos alunos. Fiquei muito animada, queria muito fazer aquele estágio. Sempre amei animais selvagens, felinos principalmente.

Então meu professor anunciou:

— Bem, alunos, depois de uma avaliação muito rigorosa, eu escolhi o aluno premiado que terá o privilégio de fazer esse estágio remunerado. Susana Lima, você foi a escolhida.

— Sério?! Obrigada! Não vai se arrepender, professor.

— Que bom que gostou, Susana. Você começa amanhã à tarde.

— Certo, obrigado.

Durante a tarde fui falar com meu chefe e explicar que teria que sair do emprego. Ele entendeu perfeitamente. Cheguei em casa radiante de tanta felicidade. Dulce veio correndo quando me viu.

— Dudu, eu vou trabalhar num zoo. Vai ser incrível.

Eu conversava com ela como se ela fosse uma pessoa e me entendesse. Ela só abanava o rabo e me lambia. Eu nem imaginava as coisas que aconteceriam depois.

❧

No dia seguinte, depois da aula, fui para o zoo.

– Olá, você deve ser a Susana.

– Oi, sou eu mesma.

– Meu nome é Danilo Rocha, sou o veterinário responsável daqui e serei seu novo chefe. Chegou adiantada, já gostei de você.

Ele parecia muito legal e sabia de muita coisa. O primeiro dia do estágio foi maravilhoso, tudo estava funcionando cada vez melhor. A cada dia que passava eu aprendia mais e me dedicava ao máximo no zoo e na faculdade. O tempo estava passando muito rápido.

Meses depois...

☙

Quando eu estava no último bimestre da faculdade, recebi uma grande notícia. Danilo me disse que fui tão bem no estágio que eles iriam me contratar por um ano, no horário das quatorze horas às vinte e duas. Fiquei muito feliz com isso e aceitei na hora.

Carter falava comigo de vez em quando. No final do ano chegou uma linda tigresa ao zoológico. Ela havia sido resgatada, estava sofrendo maus-tratos e estava prenha. Ela era incrível, mas totalmente arisca.

Certo dia, eu estava conversando com Danilo:

– Ela vai acabar morrendo, Susana. Está muito fraca e, se receber um sedativo, seu coração pode parar. Ela é muito brava para nos deixar chegar perto. Não temos escolha.

– Me deixe tentar algo diferente, Danilo.

– Como o quê? Já tentamos tudo.

– Deixe-me tentar conversar com ela.

– Você quer conversar com uma tigresa? Ela não é um ser humano, Susana, eu duvido que vá te entender.

– Eu sei que ela vai me entender e não vai me atacar.

– Você quer entrar na jaula dela?! Está louca? Não posso deixar você colocar sua vida em risco.

– Não, eu não estou louca, sei que vai funcionar. Confie em mim, Danilo.

– Você vai arriscar sua vida. E do jeito que ela está, as chances são mínimas.

– Eu quero tentar, assim vou saber que fizemos todo o possível.

– Está bem.

Fiquei umas semanas tentando até que ela deixasse eu me aproximar. Danilo acompanhava de perto minhas tentativas, com um sedativo sempre pronto, caso ela tentasse me atacar.

Aos poucos fui ganhando a confiança dela. Logo eu podia medicá-la sem que ela me atacasse.

– Parabéns, Susana. Não sei como, mas você conseguiu a confiança dela.

– Fácil não foi, mas com paciência e persistência, nós conseguimos.

– Bom, agora ela está melhorando, graças a você.

Tudo estava indo muito bem, eu já estava com minha carteira de habilitação, tinha comprado minha moto roxa, meu emprego estava cada dia mais incrível e eu tinha terminado meu livro. Mandei o livro para editora e estava aguardando uma resposta.

༄

Após as provas finais, eu estava marcando com meus pais nossa viagem. A tigresa, a qual nós nomeamos Nara, estava cada vez melhor. Eu sentiria muita falta dela durante as férias e eu estava ansiosa para acompanhar o nascimento de seu filhote.

Logo que entrei de férias fui para casa com a Dulce. Era muito bom estar novamente em casa. Saí para cavalgar com a Flicka para matar a saudade. Uma semana depois, fomos para o porto para embarcarmos no cruzeiro.

Mamãe, como sempre mais preocupada, apegou-se mais aos seus celulares e seus carregadores do que comigo. O navio era absolutamente incrível e gigantesco. Passaríamos 15 dias no oceano.

Ao embarcar vi um rapaz parecido com Carter; ele estava longe, então decidi que era minha mente me pregando uma peça. Afinal, qual seria a probabilidade de ele estar no mesmo navio que eu?

Carter... Fazia tanto tempo que eu não o via ou falava com ele. Ele me procurou, mas eu fui tão seca com ele. Será que fiz o certo? Bom, ele havia me machucado muito nesses anos. Talvez, se eu tivesse sido menos dura, eu correria o risco de sofrer novamente.

No fundo eu sentia falta de Carter. Eu queria ouvir sua voz, ver seu olhar maravilhoso, sentir aquele toque angelical... Voltei à realidade depois que me perdi pensando em Carter. Coloquei minhas coisas na cabine e fui caminhar pelo navio. Acabei chegando à proa, debrucei-me sobre a grade e, vendo o oceano com um brilho mágico e golfinhos acompanhando o navio, lembrei-me da visão que tive quando subi naquela árvore...

Será que seria real? Carter realmente viria atrás de mim? Então notei que eu estava vestida exatamente como tinha visto na minha visão havia dois anos... Meu cabelo estava bem longo e vermelho. Eu usava uma calça jeans escura e uma camiseta branca de tecido fino. Engraçado, só percebi que estava vestida exatamente como na minha visão quando cheguei ao mesmo local em que me vi.

Então comecei a pensar no que minha guardiã disse: "Seu amor virá até você no momento certo".

Será que viria mesmo? Não tinha como saber. Mas eu desejava isso. Tentei de tudo para esquecê-lo e deixá-lo no passado, mas meu amor por ele sempre falou mais alto.

Para onde você foi?

Para onde você foi
Eu não pude ir.
Qualquer que seja o lugar,
É onde eu queria estar.

Com você me sinto completa,
Com você nada me afeta.
O destino nos unirá?
Ou viveremos separados?

Sinto sua falta,
E mesmo na árvore
Mais alta,
Lembranças suas é
O que não me falta.

Eu te amo.
E vou te amar
Até o mundo acabar.

Olhando para o mar, perdida em meus pensamentos, tive uma surpresa.

– Susana?

A expressão em meu rosto foi de total surpresa.

– Carter?! O que faz aqui?

– Eu vim atrás de você.

18
Amor imortal

Quando Carter disse aquelas palavras... Não sei bem como reagi. Meu coração disparou, eu fiquei paralisada, totalmente sem reação, até que ele falou:

— Susana, depois daquela noite que te liguei e você foi seca comigo e pediu para que eu te provasse que eu realmente te amo, eu pensei muito e percebi que sem você nada fica completo. Então liguei para Rose e ela me disse que você estaria aqui. Aí resolvi vir até aqui para provar que eu te amo.

Eu não sabia o que fazer, estava totalmente sem reação, então me obriguei a reagir.

— Carter... Eu...
— Você está sem palavras, não é?
— Sim... Eu...
— Não diga mais nada...

Ele me puxou com delicadeza, passou a mão pelo meu rosto e pelo meu cabelo, então me abraçou mais forte e me beijou. Aquele beijo teve a mesma paixão e delicadeza do nosso primeiro beijo, foi a melhor sensação do mundo.

– Venha, Su, eu tenho uma surpresa para você.

Ele me levou até minha cabine, vedando meus olhos para que eu não espiasse a surpresa. Então, quando entrei e abri os olhos, havia vários lírios brancos na minha cama, um tigre branco de pelúcia e, no centro, uma almofada de coração com uma caixinha em cima.

– Carter! Isso é incrível! Eu amei.

Então Carter foi até a cama, pegou a caixinha, veio até mim, ajoelhou-se e abriu a caixa. Dentro tinha um lindo anel prata com uma pedra em forma de estrela encrustada nele.

– Susana, eu sei que fui um idiota, mas minha vida não tem sentido sem você. Você é a mulher mais perfeita do mundo e eu tenho a imensa sorte de ter te conhecido e de te amar, por isso eu peço... Susana, eu te amo. Me dá uma última chance de provar a você todos os dias o meu amor e mostrar que você é a mulher da minha vida.

Ele parecia um príncipe naquele momento e suas palavras tocaram minha alma, e eu comecei a chorar de felicidade.

– Carter... Eu te amo mais do que todas as estrelas existentes no universo e quero você ao meu lado, mas como faremos com a distância? Sabe que estou morando no Mato Grosso do Sul.

– Distância nunca foi um problema para você e não vai ser para mim também.

– Se, para você, não vai ser problema, para mim, também não.

Ele me beijou e caímos na cama forrada de lírios. Foi a melhor sensação do mundo.

Carter foi tomar um banho, enquanto eu tirava os lírios da cama e os colocava em um lugar em que eu pudesse cuidar deles. Coloquei o tigre em cima da escrivaninha. Depois que Carter saiu do banho, fui tomar o meu.

Assim que saí do banho, Carter me pegou no colo e me levou para a cama...

Adormeci em seus braços...

Essa foi a melhor noite de todas.

☙

No dia seguinte, Carter me acordou com vários beijos. Vesti-me e fomos para o deque tomar café da manhã. O nascer do sol no oceano era incrivelmente deslumbrante. Carter me abraçava e me enchia de beijos.

– Você é mais magnífica do que este nascer do sol.

Depois de dizer isso ele me virou e me beijou. Tudo estava perfeito. Enquanto tomávamos café, meu pai chegou.

– Susana?

– Oi, pai, bom dia. Lembra-se de Carter?

– Olá, senhor Lima. É um prazer revê-lo.

– Bom dia, Carter, posso me sentar?

– Claro, senhor, fique à vontade.

– Estou curioso... Não sabia que estaria por aqui também. Quando o encontrou, Susana?

– Na verdade ele me encontrou ontem, pai. Eu estava na proa e Carter me surpreendeu.

– Você planejava isso, Carter?

– Sim, senhor. Eu sei que fiz sua filha chorar e a magoei muito e me odeio por ter feito isso a ela, mas eu realmente a amo e vim até aqui para provar isso a ela. Então ela me deu uma última chance.

– E como pretende provar que a ama se ela está morando em outro estado?

– Posso falar com o senhor em particular um momento?

– Claro. Com licença, Susana.

Na hora em que Carter pediu para falar com meu pai em particular, fiquei meio apreensiva. Eu sabia que meu pai não gostava dele.

– O que pretende com minha filha, Carter Mason?

– Senhor Lima, sei que não gosta de mim e não tiro sua razão, pois quer proteger a Susana. Mas eu a amo de verdade e vou me mudar para o Mato Grosso do Sul para ficar ao lado dela todos os dias, para cuidar dela e dar todo o amor, atenção e carinho que ela merece.

– E a faculdade?

– Já pedi transferência para a UFMS. Também já aluguei um apartamento próximo à Susana.

– Você já fez tudo isso, mas e se ela não te desse outra chance?

– Eu me mudaria para lá do mesmo jeito e faria todo o possível para provar para ela que eu realmente a amo.

– Você me surpreendeu, Carter. Já contou isso para a Susana?

– Não, eu quero fazer uma surpresa para ela assim que ela voltar para lá.

– Está bem, Carter, mas faça minha filha feliz.

– Sim, senhor. A felicidade dela é tudo que eu desejo.

Quando os dois voltaram para a mesa rindo e brincando um com o outro, eu fiquei aliviada.

– Filha, você está feliz com ele?

– Sim, pai.

– Que bom, apoio o relacionamento de vocês. Agora vou procurar sua mãe. Até mais tarde.

꩜

Fiquei muito feliz com a reação do meu pai. Durante o dia Carter e eu aproveitamos o cruzeiro e ele não perdia uma oportunidade de ser romântico e vivia me beijando. Conversamos bastante contando tudo o que havia acontecido na época que ficamos separados. Contei sobre Machu Picchu e sobre minhas visões e a guardiã.

Carter ficou fascinado e se interessou pela lenda da cobra roxa. Ele prometeu que assim que terminássemos a faculdade iríamos atrás dessa lenda.

No final da tarde, estávamos na proa vendo o pôr do sol, quando Carter disse:

– Susana, eu sou o homem mais sortudo do mundo por ter você ao meu lado, e eu te amo mais do que qualquer coisa no universo. Você é a melhor coisa que aconteceu na minha vida e quero que saiba que nunca mais vou te abandonar e que vou estar ao seu lado pelo resto da minha vida. Você é o amor da minha vida.

Eu fiquei ainda mais apaixonada por ele, beijei-o e ele me pegou no colo. Ficamos observando o pôr do sol e, quando a noite caiu, vimos uma estrela cadente.

– Olha, Carter, faça um pedido.

– Desejo me casar com você e viver ao seu lado o resto da minha vida.

– Awn, Carter. Eu te amo tanto... Não vai mais se livrar de mim.

– É bom mesmo. Não quero te perder nunca mais.

Adormeci vendo as estrelas e ele me levou para o quarto...

Os dias que passamos no cruzeiro foram incríveis, mas logo chegou o último dia. Estávamos voltando ao porto e eu não queria deixar Carter. Então meu pai disse:

— Carter, o que vai fazer quando desembarcarmos?

— Bom, senhor Lima, eu ainda não sei. Só vou para a casa dos meus pais daqui uma semana para passar o Natal e o final de ano com eles.

— Gostaria de ficar em casa? Acho que vocês vão gostar de ficar mais tempo juntos e acredito que você deve estar com saudade do Blue Jeans. Susana fez um trabalho incrível com ele. Ele está lindo.

— Está falando sério, pai?!

— Sim, filha. Então, Carter, o que me diz?

— Será um prazer, senhor Lima. Obrigado pelo convite.

Eu estava muito feliz. Mais uma semana ao lado de Carter seria perfeito.

Quando chegamos em casa fomos cavalgar. Mostrei ao Carter meus lugares favoritos, ele amou ver o Blue Jeans e gostou de São Roque. A semana passou rapidamente e foi mágica. No último dia, Carter veio falar comigo.

— Susana, não quero te deixar. Quero que você venha comigo passar o final de ano na casa dos meus pais.

— Carter, eu adoraria, mas tenho que ver com meus pais primeiro, e você vai sair daqui a pouco. Eu nem fiz a mala ou me preparei.

Assim que terminei de falar, meu pai apareceu.

— Filha, Carter já falou comigo. Eu deixo você ir.

— Então tenho que correr para fazer a mala. Mas e a Dulce?

— A Rose já fez sua mala, Su, e você pode levar a Dulce. Meus pais querem conhecer ela e, logo que for a hora, eu te levo ao aeroporto para você voltar para o Mato Grosso.

— Dá tempo de eu tomar um banho e me arrumar?

— Você está linda assim, mas tem tempo, se quiser se arrumar.

— Certo, eu vou rapidinho.

Logo me despedi dos meus pais e da Rose e, em seguida, seguimos caminho para a casa dos pais do Carter.

༄

O final do ano foi maravilhoso. Diverti-me muito com a família Mason. Quando chegou a hora de ir embora, eu estava me preparando psicologicamente para a despedida e o tempo longe de Carter; meu coração estava doendo muito por isso.

Seu Márcio e Carter me levaram ao aeroporto, Dulce tinha tomado sonífero porque ela passava mal e estava dormindo na casinha de transporte, mas logo que chegamos ao aeroporto tive uma grande surpresa.

— Está pronta para irmos, Su?

— Irmos? Você também vai, Carter?

— Se você quiser que eu vá.

— É claro que quero. Aonde você vai morar?

— Eu ainda vou alugar um apartamento.

— Por que em vez de alugar um apartamento não mora comigo?

— Quer mesmo isso?

— Com toda certeza.

Ele me levantou no colo e me beijou.

☙

Quatro anos depois...

Carter morava comigo há quatro anos, eu estava no último mês da faculdade, logo seria minha formatura, eu tinha sido promovida a veterinária do zoo para começar no ano seguinte porque o doutor Danilo iria embora. Carter dava aulas nas escolas e no próximo ano iria fazer a pós-graduação.

Tudo estava maravilhoso e perfeito.

Dois dias antes da minha formatura, comecei a ficar bastante enjoada e minha menstruação não tinha vindo. Resolvi fazer um teste de gravidez. Deu positivo...

Eu resolvi contar a Carter no dia da minha formatura. Ele tinha dito que me levaria para jantar e que seria a melhor noite de todas, então achei uma ocasião perfeita.

Depois da formatura, Carter me levou para um restaurante lindo e sofisticado. A mesa estava iluminada por velas em um lindo castiçal. Era tudo perfeito. Depois que fizemos o pedido ao garçom, enquanto esperávamos a comida, Carter foi até os músicos e pediu para que eles tocassem a música "Meu Destino", do Luan Santana, então ele se ajoelhou e abriu uma pequena caixinha de veludo.

— Susana Lima, esses últimos quatro anos que passei ao seu lado foram os melhores da minha vida e eu te amo infinitamente. Você me daria a imensa honra de ser minha esposa?

Eu fiquei encantada e muito feliz, estava tudo absolutamente perfeito e mágico.

— Carter Mason, eu te amo e será um grande privilégio passar o resto da vida como sua esposa.

Ele me beijou e sorriu de uma forma encantadora.

– Carter, eu tenho algo para te contar.
– Diga, meu amor.
– Estou grávida.
Ele sorriu, levantou-se, abraçou-me e me beijou.

No dia seguinte deixamos a Dulce com a Rose e saímos sem destino. O céu estava alaranjado, com a brisa quente e o sol se escondendo atrás da montanha, com seus raios escapando pelos lados e por cima.

Naquele momento eu soube que tinha encontrado o sentido da minha vida e Carter era a razão pela qual meu coração batia. Eu me libertei e agora estava indo em busca do meu destino ao lado do amor da minha vida, Carter Mason.

Epílogo

A escolha do coração

Por que senti algo bater
Mais forte dentro do meu peito ao te ver?
Por que depois de tanto tempo
Eu não consigo te deixar no esquecimento?
Por que alguns dizem que
Isso não é amor,
Enquanto sinto que te amarei
Aonde for?

Perguntei ao coração por que ele o escolheu.
Ele respondeu:
Porque foi com ele que o amor nasceu.
Então perguntei
Se o amor nele nasceu, por que houve separação?
E mais uma vez ele respondeu:
Porque ambos pensaram ter o controle nas mãos
E se esqueceram de deixar dois corações formarem uma união.

Então, coração, por que não o esquece
E deixa o passado na escuridão?
Porque, bela menina,
O amor nos fascina,
O amor nos ilumina

E o amor nos ensina,
Mas o amor nunca esquece,
O amor nunca deixa de amar.

A mente e o coração
Muitas vezes não concordam,
Mas o amor os faz entrar em união.
E, quando entram, não há separação.
Esse amor não se apagará
E esta história não teve um fim.

Se deixar o amor guiá-la,
Logo voltará ao seu amor,
E ele vai amá-la com toda sua força.
E esse amor
Será a estrela que mais brilha
Em todo o imenso universo.

NLS

Um dia tive essa conversa com meu coração e ele me contou essa história. Mente e coração não costumam concordar, mas, se concordam, é necessário acreditar, pois o tempo vai fazer o que tem que ser feito. A razão para viver é você quem decide. A razão pela qual eu vivo é o amor que sinto, pois é esse amor que me motiva a agir, a correr atrás dos meus sonhos e nunca desistir. O amor nem sempre será por uma pessoa; você pode ter amor por sua família, por animais, por qualquer coisa viva, mas o amor é a maior força do universo. São poucas as pessoas que têm o privilégio de sentir essa força, pois a maioria pensa que ama, mas não chega a conhecer o verdadeiro amor, e não é porque um relacionamento dura anos e ambos se dão bem que é amor.

O amor não é apenas ter a pessoa amada ao seu lado. O amor é muito mais do que isso.

Amar é querer a pessoa amada feliz, independentemente se for ao seu lado ou ao lado de outra pessoa. Amar é ouvir atentamente cada palavra que seu parceiro está falando; amar é eternamente ter a chama inicial viva dentro do coração; amar é viver e pensar na pessoa a todo instante; amar é você perceber que, mesmo com todos os defeitos que uma pessoa pode ter, ela sempre será perfeita para você e sempre, ao pensar nela, você vai sorrir, pois o amor é o companheiro da alegria. A felicidade só você pode ter, mas compartilhar a sua felicidade com a pessoa amada não tem preço.

As pessoas passam a vida buscando a felicidade, mas não se dão conta de que elas têm o poder de ser a própria felicidade.

Ame verdadeira e incondicionalmente para que, quando esse tempo for embora, você não tenha arrependimentos em nenhuma hora.

O amor não se escolhe, não se procura e não se esconde; o amor acontece quando você menos espera e ele é capaz de transformar seu mundo.

Minha querida filha Anelise, enquanto estou lhe escrevendo isto, você ainda é um bebê e está dormindo, mas faço isso para que, no momento em que você sentir o verdadeiro amor, se por algum motivo eu não estiver ao seu lado, eu possa estar com você lhe aconselhando por meio desta carta.

É esse amor verdadeiramente incondicional e imortal que senti desde o primeiro momento em que vi seu pai e é esse amor que eu sinto até hoje e que vou sentir até depois que meu coração pare de bater, pois é um amor que sei que é mais forte do que qualquer coisa no universo.

Espero que você tenha o privilégio de sentir esse amor um dia, filha.

Meu amor por seu pai é o mais raro de se sentir, pois não é apenas um amor real, é um amor infinito.

Obstáculos, oposição, mentiras e desilusão. Um grande amor é capaz de superar tudo?

Susana Lima é uma garota esperta, inteligente, romântica e protetora dos animais, mas vive uma vida monótona e vazia. Carter Mason é um rapaz misterioso, bondoso, divertido, inteligente e habilidoso. Quando os caminhos de Carter e Susana se encontram, nasce algo extremamente raro. Uma história cheia de amor e aventura. Um sentimento único, verdadeiro e extremamente poderoso. Em meio a rosas e espinhos tudo pode acontecer, mas apenas algo extremamente raro pode superar tudo. Este não é apenas um amor real, este é um amor infinito.

FONTE: Arno Pro

#Novo Século nas redes sociais